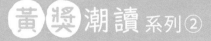

黃獎潮讀 系列②

古人的機智

著　黃獎
繪　楊淳淳

推薦序

啓迪人生 讓古人替孩子上一課

當年文靜的我，喜歡獨來獨往，唯一嗜好就是埋首書堆中，書店、圖書館更是我課餘最愛流連的地方。不諱言，豐富我人生智慧的第一個「老師」，就是圖書，而當同學都在追看小說的同時，我手執的反而是一本又一本的歷史叢書。

我愛看歷史叢書，我更偏愛看人物傳記，從歷史人物的生平故事、大小謀略、成功失敗，以至於慢慢領略當中的人生格言，都令我不知不覺間吸收到超越同齡孩子的智慧。當然書讀得多，知識豐富了，語文根基打穩了，我的中文成績亦漸漸拋離同儕。但最值得分享的是，熟讀歷史故事領悟名人智慧，令我當時擁有超越同齡孩子的成熟和對世情的體會。

但誠言，我沒有今日手執這本書的你這麼幸福。當年我讀的歷史叢書，只單單敍述歷史故事，沒有像這本書的作者黃獎一樣，為你細意講解歷史背後的大意義，更套用有趣的現代場景以故事的方式，牢牢地演繹當中的道理。

對孩子好的書，應當不吝嗇去介紹廣傳。而無論作為兩個孩子爸爸的我，又抑或曾經受歷史故事啟蒙的過來人，我都誠意向大家推薦——

這本啟迪孩子人生，適合親子共讀的一本好書。

香港作家、資深教育工作者　畢名

作者序

和古人對話

我們讀歷史故事，了解古人的經歷，究竟有甚麼意義？我們知道，從前有個這樣的人，與我們又有甚麼關係？

去年，我們研究宋代墓碑的歷史，發現有一個墓碑上，記載死者生前最大的成就，是曾經與曾鞏見過一面，故此，刻在自己的墓誌上面。曾鞏是甚麼人？那是「唐宋八大家」之一，當然是大人物，但每當我們說到「唐宋八大家」的時候，注意力都集中在蘇東坡、王安石、歐陽修等名家身上，至於曾鞏，的確很少着墨。

我不禁慨歎，在曾鞏活躍的北宋時期，他受擁戴的程度，絕對比得上現今的天皇巨星，故此，有人會覺得生平最值得表揚的事，就是曾經見過他。但若換成今天，如果我們在行山的時候，碰到周潤發，也只是成為網上的一幅合照，不會成為我們的終身成就。不過，隨着時間消逝，大家對曾鞏的熱情逐漸冷卻，甚至遺忘。

我們現在熟悉的歷史人物，可能只有一、二百個，全部都是巨星群中的巨星。他們有的很聰明，有的很愚蠢，也有些聰明人犯了愚蠢的錯誤。無論如何，他們的故事，可以流傳下來，各有值得參考的原因。

我明白現代人總覺得古人活在不同的時空，他們的經典是他們的事，故此，我找來許多現代的例子、西方社會的參考、潮流文化的元素，看看古今對比之下，類似的故事經歷，是否會有不同的結果？

香港作家　黃獎

繪者序

讓故事帶我們穿越古今

現代社會中充滿了過多的資訊,人生當中也充滿了許多考驗,在尋求答案時還是很喜歡埋首在文字裏,透過故事寓意來啟發解決問題的創意。平常也很喜歡閱讀老子、莊子、孟子、菜根譚等書,在面對很多困難挑戰時,也學習着歷史人物們怎麼面對當時的亂世和理解出萬物的中庸之道。

透過歷史人物記載和故事說明,也能反照出在現代生活中,我們可以如何去應對這不斷改變的世代,我們需要衍生出怎麼樣的人生哲學和精神去面對挫折。我們也能用不同的學習角度、不同的觀點和視角,重新看待故事中人物的選擇和人生智慧。

透過作者黃獎的解說,以現代生活舉例,令我在插畫創作時更能穿越時空的想像,一方面很好奇古人發明出的語彙和寓意,一方面覺得故事事件與生活中的某一個狀態好貼切,讓人重新再去思考,同樣的問題再發生的時候該怎麼解決?

很推薦大人小孩們都來閱讀,不僅了解歷史和現代的關聯性,作者也透過提出問題的方式讓讀者們能在閱讀過後更深入的思考,將所得應用於生活當中。

很開心能與香港明報教育出版合作,以繪本創作方式來進入歷史人物故事的世界,古往今來不少人都喜歡聽故事,讓我們透過想像去到達更廣更遠的世界。

台灣插畫家　楊淳淳

楊淳淳自畫像

目 錄

先賢智者

莊子 ❖ 大葫蘆的用途

莊子是戰國時代的著名哲學家，是道家學派的代表人物，在他的著作之中，經常有記載他和好朋友惠施互相辯論的故事。

有一次，惠施說：「大王送了一些種子給我，我把它培植出來，長出一些非常大的怪葫蘆，用來當成水壺裝水，但它的堅固程度無法承受這麼大量的

水；我把它剖開來當水瓢用，但因為它太大了沒有裝得下的水缸，最後只好把它打破了。」

莊子聽了笑着說：「可惜啊，你竟然浪費了好東西！我跟你說個故事。
從前，宋國有個人，
擅長配製預防
手龜裂

的藥方，他的家族以漂洗綿絮為
職業，利用這個藥方，在冬天也可
以如常工作。有個客人聽說此事，請
求用百金買他的藥方。他想：做漂洗綿絮
的工作，收入不過數金，如今一旦賣出藥
方，就可得到百金，於是歡天喜地做了這
筆生意。」

惠施說：「那人發了大財，不是很好嗎？」

莊子繼續說：「客人得到藥方，就去見吳
王。當時，吳國正和越國開戰，到了冬
天，與越人在水上作戰，因為有了預防皮
膚龜裂的藥膏，提高了吳國士兵的戰鬥
力，大敗越人。吳王大喜，劃出一塊土地

來封賞他。你看，同
樣是預防皮膚凍裂的
藥方，有人用來漂洗
綿絮，有人卻因此
而有了封地，那
就是由於用途的
不同啊！」

惠施說：「這跟我的大葫蘆有甚麼關係？」

莊子說：「現在你有這麼大的葫蘆，可以
用一個網子把葫蘆套起來，然後把它綁在
腰上，就可以讓你浮在水中，優悠暢泳！
你反而嫌它太大，為何不想想它有甚麼別
的用途呢？」

莊子曰：「今子有五石①之瓠②，何不慮③以為大樽④而浮乎江湖，而憂其瓠落⑤無所容？則夫子猶有蓬之心⑥也夫！」

——《莊子·內篇·逍遙遊》

注釋

① **五石**：石，拼音「dan」，粵音「擔」，容量單位，十斗為一石。

② **瓠**：拼音「hù」，粵音「湖」，意指葫蘆。

③ **慮**：考慮。

④ **樽**：本意為酒器，這裏指像酒樽一樣，可以綁在腰上成為浮水工具。

⑤ **瓠落**：又寫作「廓落」，很大的樣子。

⑥ **蓬**：草名，形狀彎曲不直。「有蓬之心」指見識淺薄，不通曉大道理。

惠施的問題很常見，大家對於一般事物的功用，常常都有固定的想法，不知變通。惠施認為葫蘆太大而無用，莊子卻能利用它的特性，發揮別出心裁的作用。

莊子同時也在告訴我們不用過份執着於「有用」與「無用」，學懂欣賞每個物件、每個人的獨特樣子與價值。例如有同學的成績差劣，只是因為他們的某個評測未能達標，不代表他們「無用」。若換成以其他標準評測，說不定他們便能發揮大作用。無論是「大用」或是「小用」，「有用」或是「無用」，都不必自卑，不要自大。

古董大鐘的價值

在英國倫敦，有一個老爺爺跟自己的孫兒說：「家中有點窮，只剩下這個舊掛鐘，你拿去看看，可以賣多少錢？」

孫兒拿着大掛鐘，當然想到要去鐘錶店，問了價錢，老闆說：「這個鐘太舊了，早已經停產，我們不要了。」

孫兒想了一想，找到了一家懷舊餐廳，發覺這個古老大鐘和餐廳的氣氛很配合，便去問老闆，有沒有興趣把大鐘買下來作為餐廳裝飾。餐廳老闆說：「這個主意不錯，我們出一百英鎊，把它買下來吧。」

孫兒覺得這個價錢不錯，興高彩烈地回去向爺爺報告。

這時，家中來了兩個西裝筆挺的客人，

原來是歷史博物館的代表，他們發現這個古老掛鐘原來已經有兩百多年歷史，正想以一萬英鎊收購，把掛鐘收藏到博物館裏。

爺爺笑了笑，婉拒了兩位訪客。他們離開之後，爺爺跟孫兒說：「其實我們還未到窮途末路的地步，只不過，我想讓你看清楚一件事，同一個古老掛鐘，一般人看來，可能一文不值；但在懂得欣賞的買家眼中，可以價值不菲。其實，做人也一樣，你要找一個認同你，讓你有空間發揮個人專長的領域，否則，只是隨波逐流，就會把自己的天分浪費了。」

想一想

1 每個人都有自己的優點與缺點，試與你的同學一起說說對方的優點和缺點，並討論如何發揮優點、改善缺點。

孫臏 ❖ 賽馬必勝術

孫臏是戰國時代的軍事家，他的爺爺就是《孫子兵法》的作者孫武。孫臏年輕的時候，和師兄龐涓在魏國當官，師兄先來，已經當上了將軍，但嫉妒孫臏的才能，用計陷害孫臏。齊國的大臣田忌同情孫臏，暗中把他救走，於是，孫臏就在田忌家中住了下來，受到田家的招待。

那時候，齊王喜歡賽馬賭錢，常常拉齊國的貴族和大官陪他賽馬，田忌當然也跑不掉，不過，他每次都賭輸，很是懊惱。終於有一天，孫臏實在看不過眼，就告訴田忌，他有必贏的辦法。

他們每次的比賽都以三場賽馬定勝負，由於齊王的馬比較優秀，所以田忌每次出賽都輸了。既然是實力有距離，孫臏哪來的必勝法呢？他跟田忌說：「三匹馬的狀態有上、中、下之別，以您的下等馬對齊王的上等馬，先輸一仗給他；然後，以您的上等馬對齊王的中等馬，再以您的中等馬對齊王的

下等馬。雖然輸了一場，但就必有二場比賽可以得勝。」田忌一聽，果然有道理，值得一試。最後果然以一敗兩勝的戰績，勝出比賽。

田忌把孫臏的方法告訴齊王，齊王就更加賞識孫臏的才能。戰國時代有很多戰禍，戰國七雄不停互相攻伐。後來，魏國攻打韓國，韓國向齊國求援，齊王派出田忌為將軍，協助韓國去迎擊魏軍。田忌請來孫臏做為軍師，用他的計策，大破魏軍，俘虜了魏國太子。魏國主將龐涓戰敗，孫臏既立下大功勞，亦報了當日被陷害的仇怨。

孫子曰：「今以君之下駟①與②彼上駟，
取君上駟與彼中駟，取君中駟與彼下駟。」
既馳三輩畢③，而田忌一不勝而再勝④，
卒得王千金。於是忌進孫子於威王⑤。威王
問兵法，遂以為師⑥。

—— 《史記·孫子吳起列傳》

注釋

① 駟：拼音「sì」，粵音「嗜」，馬匹。

② 與：對付。

③ 既馳三輩畢：三場比賽之後。輩：次數；畢：完結。

④ 一不勝而再勝：輸一次，勝兩次。再勝：兩次獲勝。

⑤ 進孫子於威王：將孫臏推薦給齊國君主齊威王。

⑥ 以為師：把孫臏當成老師。

孫臏的賽馬必勝術，最重要的一點，就是要掌握資訊，知道哪一匹馬是上等馬，哪一匹是下等馬，然後才可以作出適當的部署安排。

這正是《孫子兵法》中，所謂「知己知彼，百戰不殆」的道理。不過，在古代的世界，要搜集資料，非常困難；時至今日，隨着網絡資訊的發達，很容易獲取大量資料，在每一次作出抉擇的時候，都可以花些時間先做資料蒐集，方便自己做出正確的決定。

寄身黑貓的外星人

說到資料搜集的重要性，一定要分享經典科幻小說《老貓》的劇情佈局，這是倪匡先生的《衛斯理系列》中，非常受歡迎的故事之一，曾經被改編為電影與漫畫。故事主要圍繞一隻活了三千多年的黑貓，衛斯理和黑貓交了幾次手，逐步揭開黑貓的秘密，發現牠原來是一頭被外星人附身的貓。

這個外星人利用我們無法理解的科技，以類似腦波的形態（也像是靈魂）來到地球，佔據一個地球的生命體，方便他在地球活動。外星人在三千年前來到埃及，看到當時的埃及人非常崇拜貓，便直覺認為貓是地球最高等的生物，於

是，就把自己寄身到一隻貓身上，利用這隻貓的身軀，存活到現代。

本來，以他的外太空先進科技知識，要統治地球，又有何難？但他困了在一頭貓的軀殼之中，卻甚麼也做不來。侵入了貓的身體之後，就受到貓的腦部活動影響，不能發揮本來的思想，令他的智慧水平大幅降低。如果外星人做好資料搜集，就不會落得這麼狼狽的下場。無論外星人的科技水平有多先進，他沒有做足準備功夫，就有機會掉進無從估計的陷阱。其實，我們也是一樣，大事情如升學時選科，小事情如看一場電影，都可以事前研究一下，知道多一點，再作出決定，避免不必要的小錯誤。

想一想

1 假如學校安排旅行，知道目的地後，我們如何做資料搜集了解目的地的環境，以便安排活動？

西門豹是戰國時代的政治家及水利專家，專門整治河道，帶領民眾開鑿運河，引水灌溉農田，免去乾旱災難，令農作物大豐收，百姓生活得到改善。

這個故事發生在西門豹到魏國的鄴城當縣令的時候，當地有一個「河伯娶婦」的習俗，三老（城中長老）、廷掾（地方官）與巫祝（巫師）認為河水泛濫是因為河神發脾氣，所以，每年都要替河神娶一個老婆。怎樣娶呢？首先要徵費，每年都先向村民徵收數百萬錢，用三十萬作為河伯娶婦的經費，其餘則是他們平分了。然後，巫祝就會遍訪村中人家，尋找漂亮的女

孩，「娉娶」為河神的新娘。並告訴村民如果女孩不夠漂亮，河神不滿意的話，就會發洪水來懲罰人民。

「娉娶」的過程是，把女孩打扮得漂漂亮亮，等吉時一到，便把女孩用蘆船送到河中央，不久蘆船與女孩都會沉沒於河中。

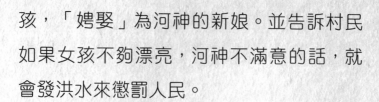

因為這個習俗，有女孩的人家都紛紛帶着女兒逃離他鄉，城中人數漸減，顯得非常冷清。

西門豹當上鄴城縣令後，要求來看「河伯娶婦」的儀式。當他來到河邊，鄉民與長老、巫祝等已經聚集在河邊，西門豹看到河神的新娘，說：「這個女

子相貌不佳，恐怕河神不會滿意，我們還是另外找一個漂亮的，這樣吧，今天先請巫祝親自到河神府上，請求寬限幾天。」

說罷，就馬上命人將巫祝送到河中，不容巫祝分辯。後來，又借詞要求巫祝弟子及三長老快去「催促」巫祝回來而陸續把他們送去河中央。當然他們都像以往的河伯新娘一樣，一去不返。地方官們一知道西門豹的用意，皆叩頭認錯，從此以後，這種殘害人命的「河伯娶婦」陋習便取消了。

巫行視小家女①好者，雲「是當為河伯婦」，即娉取。洗沐之，為治新繒綺穀衣②，閑居齋戒；為治齋宮河上，張緹絳帷③，女居其中，為具牛酒飯食，行十餘日。共粉飾之④，如嫁女床席，令女居其上，浮之河中。始浮，行數十里乃沒。其人家有好女者，恐大巫祝為河伯取之，以故多持女遠逃亡。

——《史記·滑稽列傳》

注釋

① **小家女**：小戶人家的女兒。

② **新繒綺穀衣**：用上等的絲綢布料做成的衣服；繒：拼音「zēng」，粵音「增」，絲織品的總稱；穀：拼音「hú」，粵音「酷」，有皺紋狀的絲織物。

③ **張緹絳帷**：張掛起橙色和大紅色的幃帳；緹：拼音「tí」，粵音「題」，橙色；絳：拼音「jiàng」，粵音「降」，大紅色；帷：拼音「wéi」，粵音「維」，帳幕。

④ **粉飾**：裝扮點綴。

歷史告訴我們的事

西門豹救回「河伯的新娘」，是一個破除迷信的故事，在我眼中，這更是一個挑戰不合理制度的典範！

西門豹發現了現存的法律制度有問題：當權者搜刮民脂民膏之外，每年還要犧牲一個無辜少女，令村民逃離家鄉，城中越來越少人居住，經濟受到破壞。為了公義，他當然要想辦法去改變，不過，他也要搞清楚，人民是否支持他的想法。大家試想想，當時在河邊聚集了二、三千人，多年來都習慣了這個措施；他是一個新來的縣令，身邊的親信有限，假如人民不願意的話，被拋下河的，只怕不是巫師，而是他這個外來人。

最後，惡法是被廢除了，然而，事情不是就這樣完結，如果下次河水再泛濫，怎麼辦？所以，他馬上要做的，就是積極修補河道，疏導河水，確保天災不會再發生。他召集老百姓，開挖了十二條渠道，把河水引來灌溉農田，即解決河水泛濫的問題，也解決了田地乾旱的問題。

希治閣面對問題的決心

西門豹的故事告訴我們挑戰舊規矩，是可以令世界進步，但不能單憑一股勇氣，貿貿然向前衝。

上世紀的大導演希治閣（Sir Alfred Hitchcock），是驚悚片的宗師，同學們未必認識這個名字，不要緊，我想分享的，是他解決問題的方法。如果同學們長大後，對驚悚電影有興趣，可以留意《迷魂記》、《觸目驚心》、《後窗》、《奪魄驚魂》這四部經典電影。

希治閣在一九四六年拍過一部電影《美人計》（Notorious），由當時最紅的明星加利·格蘭和英格麗·褒曼主演，是集愛情與間諜於一身的經典電影，男主角利用愛人來設「美人計」，刺探納粹黨的秘密情報，當時震撼了影壇！

那是八十年前的社會，當時的社會非常保守，政府有明文規定，大銀幕上的接吻鏡頭不能超過三秒鐘，希治閣決心要挑戰這項不合時宜的規矩。他特別安排了一場超過兩分鐘的接吻戲，男女主角每三秒就停下來，說兩句話，然後再繼續，中間還要接

一通電話，令劇情再豐富一點，結果，成功挑戰當時的制度。後來，有關當局亦索性取消了這項規則。

可想而知，在那個年代，即使在美國荷里活，經典導演也要費盡心思突破規限，才能夠自由創作。而希治閣亦成功做出了一個示範，面對不合理的規條，光是疾呼抗議未必奏效，需要再動腦筋採取相應的行動，方可解決問題。

到了一九六〇年，希治閣已經六十歲，他想的不是退休，而是要拍一部新戲《觸目驚心》（Psycho），這部由小說改編而成的電影是他晚期最成功的一部，亦是最具話題性的作品。不過，當時他宣布要開拍這部電影時，電影公司拒絕撥發資金支持，他老人家毅然把自己的大屋賣給銀行，自資製作，可見他對電影的信心與解決問題的決心，不因年齡遞增而稍有減退。

想一想

1 迷信與宗教信仰不同，你能說出當中的分別嗎？

蘇東坡 ❀ 巧妙的對聯

蘇東坡是宋朝著名的文學家，為人風趣幽默，留下許多有趣的故事。當時，宋國與遼國常常在不同領域中競爭，遼國除了軍事力量比較高之外，也希望在文化方面可以超越宋國，所以，積極辦科舉，鼓勵人民讀書。有一次，遼國使者出使宋國，刻意炫耀：「論武功，我們遼國天下無敵，即使談文化，我們也比你們強。」

說罷，他就拿出了一副上聯，考較宋朝文武百官。

宋朝君臣背地裏看不起遼國使者，都在想，漢語可是我們的母語，怎會輸給你一個蠻夷。使者拿出的上聯：「三光日月

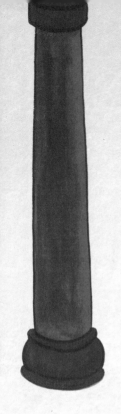

星」。驟眼看起來,直接表述天上有星星月亮太陽,沒有甚麼大學問。但當大家嘗試去寫下聯,就知道這原來是個陷阱。

上聯五個字,下聯當然也要一樣,而且不能用「三」字開頭,要用其他數字。所以,若把下聯對成「四方東南西北」,就多了一個字,「五行金木水火土」,便多了兩個字。滿朝文武都認為這是絕聯,認輸了。皇帝連忙召見蘇東坡上殿,大家都知道,他最喜愛在這些稀奇古怪的詩文中花心思,如果連他也對不上,那就沒希望了。

蘇東坡壓軸登場,當然對出了下聯:「四詩風雅頌。」這個下聯對得妙極,

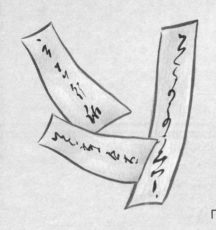

「風」、「雅」、「頌」是《詩經》中詩歌的章目總稱，其中「雅」又分為「大雅」和「小雅」兩章，所以既能用「風雅頌」三個字概括，又能稱為「四詩」，不會重覆上聯的「三」字。

蘇東坡成功接受了挑戰，當然要乘勝追擊。於是，他拿出了一首詩說：「我們中原的詩比對聯更難，只怕你看了，也未必懂得讀，更別說要作詩了。」遼國使者不以為然。豈料當他一看蘇東坡的詩，頓時傻眼，更遑論讀出來。蘇東坡把這首詩讀了

出來：

長亭短景無人畫，老大橫拖瘦竹節。
回首斷雲斜日暮，曲江倒蘸側山峰。

詩中用字都不太深奧，為何遼國使者讀不出來？原來這首詩是一種「謎象詩」。「亭」字寫得極長，「景」又寫得極短，所以是「長亭短景」；「畫」字寫成「畫」，裏面無「人」字①，所以讀作「無人畫」，看起來是三個字，讀出來是每句七個字。第二句也是一樣，「老」字特別大，「拖」字橫着寫，所以就是「老大橫拖」；

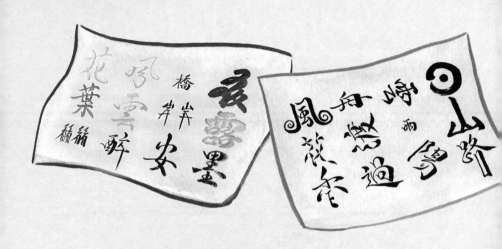

「竹花頭」寫得極瘦長，就讀作「瘦竹節」
（節，拼音「qióng」，粵音「窮」，竹製拐
杖的意思。）然後，「首」字反寫，「雲」
字上「雨」下「云」中間拉開，便成了「回
首斷雲」；「暮」字上的日打斜，就是「斜
日暮」。最後一句，「江」字寫曲，「蘸」
字倒寫，「峰」旁山字側寫，是為「曲江倒
蘸側山峰」。

遼國大使只能垂頭喪氣地認輸，從此，遼
國君臣再也不敢藐視宋朝。

其國舊有一對曰：「三光日月星。」凡以數言者②，必犯其上一字，於是遍國中無能屬者。首以請於坡③，坡唯唯④，謂其介曰：「我能而君不能⑤，亦非所以全大國之體⑥，『四詩風雅頌』，天生對也⑦，盍先以此復之⑧？」

——《桯史》

注 釋

①古人在寫書法的時候，寫「畫」字下面的「田」，偶爾會用「人」字來代替中間的「十」字。

②以數言者：重點在於數字。

③請於坡：向蘇東坡請教。

④唯唯：有禮貌地回應。

⑤我能而君不能：我做得到，而你們做不來。

⑥亦非所以全大國之體：恐怕會損害到貴國的體面。

⑦天生對也：這是天生自然的答案。

⑧先以此復之：就用這個回覆。

歷史 告訴我們的事

宋朝朝庭那麽多人，難道就真的只有一個蘇東坡有學問，其他人都很沒用？依我看，這其實是一個心態問題。很多時候，事情表面上沒有解決方法，這副對聯因字數所限不能用「四」、「五」，又不可重複「三」字。根據這個方程式，橫豎都是死局了，不如認輸吧，大家就開始把心思花在解釋失敗的原因上，邏輯上判斷了是「不可能任務」，然後心安理得地放棄，不去深入思考那就輸定了。但只要肯去想，其實不只得「風雅頌」一個下聯，比如「四書篆隸楷」也成，因為「篆」書也可以分為大篆和小篆。

這件事看到了蘇東坡的文采，厲害的不是能對出下聯，而是在表面上好像無路可走的時候，還可以絞盡腦汁去思考，那種「Impossible is nothing」的精神才是最難得的。

老駱駝的智慧

蘇東坡的故事令我想起小時候聽過的一個阿拉伯故事。有一個阿拉伯商人病重，臨終的時候，要分配他的遺產，便把兒子們叫到床前。他說：「我們總共有十七頭駱駝，按照傳統，長子可以得到一半，弟弟分得三分之一；養子也有一份，可以分得九分之一。」

老人家說罷，就死去了。留下一個數學題，大家都沒有辦法解決。十七這個數字，無法被二、三、九所整除。若勉強要分，勢必要殺死其中兩頭駱駝，才可以依照規矩來分配。在古代的阿拉伯，駱駝可以用來運輸貨物，是生財工具，十七頭駱駝就媲美現代的一隊車隊了。要殺掉兩頭駱駝，這個損失太大。

於是他們去找族裏的長老，尋求智慧的答案。長老微笑着說：「數學就是數學，我也改變不了。不過，駱駝的事，駱駝自己最清楚，我有一頭老駱駝，最有人生經驗，就借給你們帶回去，看看牠有沒有辦法？」

問駱駝？三兄弟覺得長老可能太老了，腦袋不靈光，老駱駝怎可能有答案呢？但也沒有辦法，姑且把駱

駝帶了回家。回家之後，老駱駝當然沒有開口教他們怎樣做，大兒子看着駱駝群，忽然靈光一閃！原來，加入了一頭老駱駝，總數變成了十八，大兒子得到一半，就是九頭；小兒子分得三分之一，就是六頭；養子是九分一，便是兩頭了；最後剩下一頭老駱駝，正好完璧歸趙，翌日還給長老。

這個故事的重點，不是那個數學問題，而是世上存在着各種困難，我們需要的，是一種解決問題的決心。有決心，便能產生智慧；憑智慧，便產生解決問題的方法。我們若死板地依循傳統的手段，未必可以面對新的困難，大家要有準備，隨時跳出舊有的框框。

想一想　黃獎提提你

1 第 39 頁中還有兩首「謎象詩」，大家能試試讀出來嗎？
（請開啟「黃獎提提你」的 QRcode 看看黃獎老師的解說。）

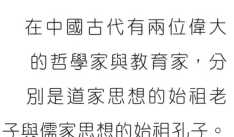

在中國古代有兩位偉大的哲學家與教育家，分別是道家思想的始祖老子與儒家思想的始祖孔子。

兩人都出生在春秋末期，老子本來擔任東周的守藏史，管理周室皇朝的典籍收藏。他的著作《道德經》，闡述「無為而治、天人合一」的理念，是道家最重要的經典。孔子生於魯國，少年時生活極為窮苦，刻苦學習禮學，由文書小吏開始，逐漸受到魯國國君重用。後來，他廣收學生，提倡有教無類及因材施教的概念，成為當時普及教育的先驅，故後人尊為「萬世師表」及「至聖先師」。

在《史記》的記載中，孔子曾向老子請教。其中一次，老子向孔子道出了「大智若愚」的道理。老子對孔子說：「良賈深藏若虛，君子盛德容貌若愚」，好的商人不會告訴你他很有錢，君子也是一樣，即使有好的德行，看上去仍然像傻子一樣。孔子吸收了，後來，轉化為自己的道理：「其知可及也，其愚不可及也。」意思是聰明人容易做，蠢人才不容易做啊！

臨別時，老子再給孔子忠告，說：「聰明深察而近於死者，好議

人者也。」用現代人的
說話來看，即是「聰明
人的觀察力很強，會常常議
論人，因此很容易會招致失敗。」似乎，
老子預示了孔子將會因為聰明和敢言而吃
虧。果然，孔子回到魯國後，就發生了一
件令他非常痛心的事。

魯國非常重視祭祀時的禮儀，其中一個禮
節便是跳舞。朝廷中根據官職的大小，跳
舞的人數也有明確規範。皇帝周天子祭祀
的舞蹈人數共六十四人；次一級的地區諸
侯國君主祭祀的舞蹈人數是四十八人；
一般的大夫（貴族官員）再低一級，只有
三十二人。

魯國的一個大夫，名叫季平子，原本的祭祀規格只能用三十二人的舞蹈人數，但有一天他忽然想享用周天子的規格，於是，他運用自己的權勢，從魯昭公那裏，調走了三十二個舞蹈員，給自己過過癮。加上他家中本來的三十二人，就湊足了六十四人之數了。這麼一來，季平子本來是大夫，卻用了天子的禮儀，即是升了兩級；而魯昭公是諸侯，舞蹈員被借走了，只剩下十六人，降了兩級。魯昭公一怒之下，發兵攻打季平子。就因為這件事，釀成內戰。季平子居然打贏了魯昭公。最後，魯昭公流亡出走，至死也不能回國。

魯昭公流亡出走後，魯國內的人紛紛指責他的不是，說他魯莽。深明禮樂的孔子明白引起這場內戰的原因，明明就是季平子破壞了禮儀制度在先，於是孔子忍不住說話：「是可忍也，孰不可忍也。」孔子這樣說，一方面是為了魯昭公抱不平，另一方面也不忿季平子破壞禮制，但他沒有考慮到，魯昭公已經失勢了，由季平子掌權，他指出當權者的過失，但又沒有保護自己的力量，結果，他也要流亡到齊國了。

看來，老子說「聰明深察而近於死者，好議人者也」，正是對他的忠告，可惜，他當時未能領悟。

「吾聞富貴者送人以財，仁人者送人以言。吾不能富貴，竊①仁人之號，送子以言，曰：『聰明深察②而近於死者，好議人者也。博辯廣大③危其身者，發④人之惡者也。為人子者毋以有己⑤，為人臣者毋以有己。』」孔子自周反於魯，弟子稍益進焉⑥。

——《史記·孔子世家》

注釋

① 竊：盜取。此為自謙之詞。號：名號，名義。

② 深察：洞察。近於死：接近死亡，這裏指引來殺身之禍。

③ 廣大：寬廣弘大。

④ 發：揭發。惡：邪惡，醜惡。

⑤ 毋以有己：不要保有自己，指捨身忘己。

⑥ 稍益進焉：此指進入孔門師從孔子的逐漸增多。稍：逐漸。益：增益，增多。進：進入。

歷史告訴我們的事

老子向孔子說:「一個聰慧又能深思洞察一切的人,卻常招來殺身之禍,那是因為他喜歡議論別人;學問淵博見識廣大的人,卻常使自己遭到危險不測,那是因為他喜歡揭發別人的罪惡。」

老子的意思是要孔子在適當時候扮傻?甚麼時候要扮傻呢?當看到別人的過錯,先別急於指出來,停一停,嘗試顧及別人的感受,才考慮是否有指正的需要。

孔子從老子那兒學到這個概念,然後再親身受到教訓,領悟出「愚不可及」(蠢人才不容易做)的境界。有趣的是,後人沒有留意上文下理,純粹從字面去解釋,誤以為「愚不可及」這個詞是形容非常愚蠢的狀況。

換個角度看事情

日本心理學專家山名裕子女士的著作《如果再傻一點，問題就能解決了》，提倡一種叫做「傻瓜力」的做人態度。所謂的「傻瓜力」，就是開心生活的能力，把充滿壓力的每一天，變成風趣幽默的日子。她認為「傻瓜力」強的人，不一定是傻瓜，他們會對稱讚照單全收，但聽不懂別人的冷嘲熱諷。在書中，她分享了不同的方法，讓大家輕鬆地「消化」別人的批評，一方面保持樂觀的情緒，另一方面避免沒必要的衝突。

例如，有一天，山名裕子女士很疲倦，一位男性朋友跟她說：「你今天和平時不太一樣，妝容很淡，感覺成熟了。」其實，那位男性朋友原本想表達的是「你看起來很蒼老」的意思。那一天，她幾乎沒有化妝，頭髮凌亂，那個男生原本是想取笑她，沒想到，她的反應完全超出意料，她好像鮮花盛放般露出笑容，說：「謝謝，太高興了！」

有人說：「人的煩惱，大部分來自人際關係。」如果這句話屬實，無論別人說些甚麼，都以正面的方式去解讀，保持心情愉快，用這種思考習慣令自己開心，往往也受人喜愛。當然，處理好情緒之後，我也會建議大家

審視一下這些評論，如果是善意的批評，也不防看看是否有改善的地方。

山名裕子設計了一些練習，調節自己對正負批評的觀感，我和大家分享。同學們總會被別人改綽號（花名），把一些小缺點放大，有時是頗令人懊惱的事，但換個角度來看，我們也可以調節一下自己的心態。

負面花名	正面解讀
肥仔	我可能長得比較圓，也是一種可愛。
黑炭頭	戶外活動多了，膚色自然比別人健康。
裙腳仔	我和媽媽的關係，的確比別人好。
崩牙妹	我唯一的缺點，就是缺了一枚門牙，將來就完美了。

左邊的綽號（花名），都只是一些小缺點，當然不會等於右邊的讚美。大家千萬不要誤會，這不是一個同義詞的練習。不過，我們也可以看到，人生有一些特質，不是一面倒的傾向好或壞的一面，遇到批評，先不要急於反擊，可以先檢討自己，看看有沒有改善的空間；也可以換一個方式來思考，試試把負面批評轉為正面，在保持正面樂觀的狀態下，再作出思考。

II

出眾少年

孔融 ❀ 言語的修養

孔融是東漢末期的文學家，是孔子的二十代孫子。孔融從小聰明機智，鋒芒畢露，廣為人知的是「孔融讓梨」的故事。在孔融四歲的時候，有位客人送來梨子，孔爸爸讓孔融先去選一個，孔融看着眼前一大一小兩個梨子，把大的梨子讓給哥哥孔褒，表達了兄弟之情；又明白長幼有序，懂得禮讓，從此成了名！

在孔融那個年代，有一個叫李元禮的大官，喜歡邀約文人雅士到他府上飲宴。孔融十歲時，去參加李元禮的聚

小時了了

會，李元禮問他：「小朋友，你是從哪裏來的？我不認識你啊。」孔融答：「你姓李，是老子的後代，我是孔子的後代，我們當然是世交。」眾人都覺得，十歲小孩懂得這樣回答，着實很厲害。

沒多久，一個叫陳韙的學者到場了，他聽賓客說起此事，就有點不屑地說：「小時了了，大未必佳。」小時候聰明，長大後未必成器嘛。孔融馬上答：「想君小時，必當了了。」意思是說，想來你小時候肯定很聰明了，暗諷陳韙現在不成器。

小時了了

58

這很明顯是孔融的一場表演，他幾年前的「讓梨」故事，已經聲名大噪，現在就在達官貴人的聚會中，機會來了，當然要展露才華。不過，大家想一想，孔神童的性格設定似乎改變了很多，相隔只是六年，四歲時，一個大梨子會讓給哥哥；到了十歲，一句話也不讓人，只要別人的說話有挑戰性，他就馬上反唇相譏，感覺上，活像是兩個人。

孔融長大後，在曹操手下當大官。
有一次，曹操宣布為了國家富
強，要推行「禁酒令」。孔融
一向愛喝酒，當然受到

影響，遇上這種國家政策，大家大多只會偷偷喝酒，不會張揚。孔融卻走出來辯解：「有很多國家因飲酒而滅亡，但夏朝、商朝都是因女人而滅亡，不如我們把女人都禁了，不要結婚生子吧。」

眾人哄堂大笑，孔融又說：「國君你根本不是想禁酒，是國庫空虛，你希望大家節儉一點而已。你直說就成了，何必愚弄我們？」孔融的確聰明，但可惜太愛出風頭，這種作風，他在十歲時跟大人鬥嘴，就已經看得出來。

曹操作為當權者，被下屬如此揭穿，當然要

對付他，不過，孔融也沒犯過甚麼罪，就只能從他的言論入手，而孔融本身就喜歡發表偉論，要找他的把柄，機會多的是。最後，曹操在孔融的失言中找到把柄，以「不孝」之罪把他處死了。

孔文舉①年十歲，隨父到洛。時李元禮有盛名，為司隸校尉。詣②門者，皆俊才清稱及中表親戚③乃通④。文舉至門，謂吏曰：「我是李府君親。」既通，前坐。元禮問曰：「君與僕有何親？」對曰：「昔先君仲尼⑤與君先人伯陽⑥有師資之尊；是⑦僕與君奕世⑧為通好也。」元禮及賓客莫不奇⑨之。太中大夫陳韙後至，人以其語語⑩之。韙曰：「小時了了，大未必佳！」文舉曰：「想君小時必當了了。」韙大踧踖⑪。

—— 《世說新語・言語第二》

注釋

① **孔文舉**：孔融。

② **詣**：前往，到來。

③ **中表親戚**：古代稱父親姐妹的兒子為外兄弟，
母親兄弟的兒子為內兄弟，外為
「表」內為「中」，合稱「中表」兄弟。

④ **通**：通報。

⑤ **仲尼**：指孔子，即孔丘，字仲尼。

⑥ **伯陽**：指老子，即李耳，字伯陽。

⑦ **是**：所以。

⑧ **奕世**：幾代。

⑨ **奇**：感到驚奇。

⑩ **語語**：第一個語為名詞，意指言語；第二個語
為動詞，意指告訴。

⑪ **踧踖**：局促不安的樣子。踧：拼音「cù」，粵音
「速」；踖：拼音「jí」，粵音「積」。

孔融是孔子第二十代孫，中國儒家思想的傳人，理論上應該更加重視孝道。如果大家不看他一生的經歷，就因表面的供詞，斷定他是因為不孝的言論而被處死，就未免太過輕率了。長大後的孔融喜歡跟人鬥嘴，諷刺別人，所以樹立了不少敵人。

孔融是否該死，根本和孝順無關，他挑戰當時的政策，口沒遮攔，又沒有提出實際有效的措施，才是真正的死因。曹操硬說他不孝，是因為他本是儒家思想的傳人，而儒家最重視孝道，故此，安他一個不孝之罪，其實只是想加倍羞辱他。如果他保持四歲時讓梨的謙厚，未必會有這個下場。

有兩句話，一定要和大家分享：「話到口中留半句，理從是處讓三分。」

不必在口頭上爭勝負

孔融死後五百多年,唐朝的白居易,也經歷了相似的事。他年少的時候,來到長安,當代大文豪顧況拿他的名字開玩笑,說:「長安米貴,居大不易。」他是說,長安的物價貴,在這兒「居」住不容「易」呢!白居易沒有回答,他知道顧況是大人物,只是跟他這個小朋友開玩笑,不能跟他對着幹,在這裏糾纏也沒有意思,於是,他只是笑笑便算了。

後來,白居易把自己的詩作拿出來,給顧況過目,就是後來傳頌千古的「野火燒不盡,春風吹又生」那首詩。一個十多歲的少年,能夠寫出這樣的佳句,顧況忍不住讚歎:「有句如此,居亦何難。」你這麼有才華,要「居」住在甚麼地方也都不難了。

白居易處理語言欺凌的方法,比孔融高明多了,他沒有正面回應對方,當時,是有點逆來順受的委屈。不過,吃了虧後,在合適的時候,以自己的才華來令對方信服才是真正高招。

除了白居易的經歷之外,英國前首相丘吉爾(Sir Winston Churchill)曾經有一句名言:「如果你對

每隻向你吠的狗，都停下來扔石頭，你永遠到不了目的地。」

對丘吉爾來說，他不必跟狗一般見識，亦不需要向街上的狗證明自己。當然，他只是用狗吠來比喻別人對他的批評，這句幽默名言的重點在於「你要有一個目的地」，人生有了目標，就不要在意旁人的議論，否則，花了心思時間，把自己培養成為一個「鬥犬專家」，就可能會耽誤了追求理想的進度了。

丘吉爾談的是專心，不要花時間作口舌之爭；白居易則做了一個示範，只要有值得欣賞的地方，自然會被發現，並不急在一時，兩者都比孔融高明了一點。

1 你曾經被語言欺凌嗎？你怎樣處理？

王獻之 ✿ 努力的成果

王獻之是中國南北朝時代書法名家王羲之的第七個兒子。王羲之是中國歷朝以來，被公認的書法界代表人物，後人研習書法，必要臨摹他的作品。

王獻之自小跟父親學習書法，很早就展現了他的天分。有一次，當王獻之在練習書法的時候，父親悄悄地走過來，嘗試抽走兒子手上的毛筆，哪知道，兒子牢牢地把筆握住，抽之不動，父親就知道，兒子將來必會有成就。

不過，小獻之開始驕傲，他問媽媽：「我再寫幾年，應該足夠了吧！」媽媽卻說：「院子裏有十八缸水，你用那十八

缸水來磨墨，寫完那些墨水之後，你的字才會有筋有骨，有血有肉。」

有那麼難嗎？小獻之心中不服，下苦功寫了五年，把自己的得意作品拿給父親看，心想：「我練了這麼多年的字，現在寫得這麼好，應該得到父親的讚賞了吧！」父親王羲之看了看兒子的字，在其中一個「大」字下面，加上一點，變成一個「太」字，然後全部退還給兒子。小獻之覺得莫名其妙，又拿去給媽媽看，並說：「我下了幾年苦

功，是不是可以比
得上父親的字？」
媽媽認真地，逐頁
逐頁地看，最後指着王羲之寫
的那一點，說：「吾兒磨盡三缸水，惟有
一點似羲之。」她的意思是說：「我的兒子
用功寫字，磨墨也用了三缸水，終於有一
點，達到父親的水平了。」

聽到媽媽這樣說，王獻之當然覺得沮喪，
母親問明原因後，便說：「只要肯花功
夫，就沒有過不了的河，翻不過的山。你
只要繼續努力不懈地練習，就一定會達到
目的。」果然，王獻之繼續鍥而不捨地練
習，在書法上突飛猛進，長大後，他的書
法和父親王羲之並列，被稱為「二王」。

工草隸①，善丹青②。七八歲時學書③，羲之密④從後掣其筆⑤不得，歎曰：「此兒後當復有大名⑥。」

——《晉書·王獻之傳》

注釋

① 工草隸：擅長草書和隸書。

② 善丹青：懂得繪畫。

③ 學書：學習書法。

④ 密：偷偷地，悄悄地。

⑤ 從後掣其筆：從他背後抽他手中的筆。

⑥ 後當復有大名：日後會享負盛名。

歷史告訴我們的事

我們有時會聽說某人家學淵源，父母長輩是某種學問專業的翹楚，所以，他在這方面的發展，必然事半功倍。借牛頓的一句話：「我能比別人看得更遠，是因為我站在巨人的肩膊之上。」自小在某些專業氛圍中生活，見識當然勝人一籌，不過，如果真的要有成就，免不了要下些苦功。

假如王獻之是普通人家的孩子，寫了三缸水，書法到了中上水準，恐怕也就滿意了，未必能知道還有進步的空間。不過，王獻之是一代宗師的兒子，便覺得無論自己有多努力，和父親總是有無限遠的距離，想起來，又的確容易令人沮喪。

我覺得，他只是問錯了問題，自己只是練了幾年，沒理由認為自己和成年父親同樣水平。他應該問：「父親當年寫完三缸水之後，寫出來的字，是不是這個模樣？」這樣的比較，才合情理，也容易評估自己的進度。

先天遺傳與後天努力

一個人的天分，是否和他的血統有關？

這個問題，其實沒有必然的答案，我較相信天分是和興趣有關，自己有興趣的課題，自然會不斷思考，重複練習。不過，世人總是覺得，天分會遺傳，這是較為浪漫的想法。故此，岳飛的兒子會打仗，蘇東坡一門三傑都是文豪。

這個想法，在西方文化中也是一樣，《星球大戰》（*Star Wars*）系列的九部電影中，於一九七七年至一九八三年拍攝的正傳三部曲中，要解釋路克·天行者的超能力從何而來，於是安排他成為奸角黑武士的兒子，所以遺傳了超能力的基因，遇到了合適的師父，就發揮了出來。黑武士本來也是正派的高手，名叫「安納金·天行者」，因為某些緣故而離開了，改投

邪派，故此，兒子從來都未見過爸爸，也不知爸爸尚在人世。正傳三部曲的第二集《帝國反擊戰》（The Empire Strikes Back），到了最高潮的結局，正邪大戰的時候，黑武士斬斷路克的手腕，告訴他「我是你的爸爸」這個秘密，然後放他一馬。

一九九九年至二〇〇五年再開拍的《星球大戰》前傳三部曲，就以安納金·天行者的成長為主線，介紹他如何  被發掘，修練成功，最後淪入魔道成為黑武士。要知道，《星球大戰》的女主角，反抗軍的領袖人物莉亞公主，也是黑武士的女兒，路克的雙胞胎姐姐。這麼看，表面上波瀾壯闊的宇宙戰爭，其實差不多就是他們一家人的家庭糾紛。

到了二〇一五年，《星球大戰》後傳三部曲又開始了。這次的女主角芮（Rey）有名無姓，相信是有心打破血脈遺傳的慣例，讓一個普通人也可以憑自己的力量，練成超能力。在第八集時，更要說得明白，芮的父母只是普通人。

我頗喜歡這一個打破傳統的觀念，覺得更貼近文明社會的創作路線。可惜，《星球大戰》的戲迷有不同的看法，大家對天行者家族擁戴有加，所以，在二〇一九年的第九集，最後揭曉芮的身份，原來她是當年大邪派白卜庭的孫女，解釋了她的超能力天分源於遺傳。而她的父母由於政見不同，所以沒有發揮天分，一直保持普通人的身份。

想不到吧？我們喜歡說的「龍生龍，鳳生鳳，老鼠的兒子會打洞」，在西方文化中一樣為人津津樂道，大家都喜歡相信一個人的天分，和他的血統有關，不過，假如這是完全正確的話，低下階層豈不是永遠無法脫貧？而在現實世界中，又的確有不少奮鬥成功的奇蹟故事，明顯與血統無關。

美國紐約的迦納塞和朱克兩個家庭是個有趣的例子。在二百多年間，作為教師的迦納塞家族經歷了五代人，共有四百多個子孫，全部都是社會的有用人才，包括多位校長、一位副總統，一些科學家和教授等等。而朱克是一個酒徒，在同樣的二百多年中，也有四百多個後代，其中二百多個乞丐，一百多個犯罪分子，其中七人被判死刑。

這兩個家族似乎證明了遺傳的重要性，不過，後來的深入研究有另一項發現。原來，老師的家庭注重教育，要求子女才德兼備，一代一代地繁衍下來形成了一種傳統；相反，在一個酒鬼的家庭裏，每天上演酗酒、辱罵、暴力的橋段，長期在這環境之下生活，缺乏良好的教育機會，子女誤入歧途，可以說是跨代的滾雪球效應。

有這種結果，完全是後天教育的影響，如果認真由教育入手，甚麼問題都有解決的方法；假如穿鑿附會，把責任推卸在基因遺傳，再過二百年，酗酒家族仍會繼續貧困。

想一想

① 爸爸媽媽有甚麼特別的興趣和嗜好？

② 有沒有和父母一起發展一項共同興趣？今天就試試吧！

司馬光 ❀ 危急時的決定

司馬光是宋朝名臣，是政治家，也是歷史學家，他用了十九年時間，編撰了《資治通鑑》，記載了戰國時代至五代十國共一千三百多年的歷史，對那段時期的經濟、文化、歷史人物作出客觀的評價。

司馬光自幼就很成熟穩重,舉止就像大人一樣,老師向他講解《左氏春秋》的高深學問,他非但不覺得沉悶,反而非常喜愛,從此放不下書本,幾乎是廢寢忘餐地閱讀。

不過,司馬光令大家津津樂道的事,是他小時候打破一口水缸的故事。司馬光七歲那年,有一次和一群小朋友玩捉迷藏,有一個名叫上官尚光的小夥伴看到一口大水缸,心想爬進水缸中就可以好好地躲起來,讓其他人無法找到自己。哪知道,樂極生悲,這個水缸又高又大,而且裝了大半缸水,掉進大水缸的上官尚光無法從水缸中爬出來。眼看着小夥伴快要被淹死了,一起玩耍的小夥伴有的嚇哭了,有的嚇跑

了，個個都驚惶失措，沒有誰拿得出主意來。就在這緊要關頭，司馬光情急智生，抱起地上一塊大石頭，用力向水缸砸去，把水缸打破，缸中的水流了出來，掉進水缸的小朋友得救了。

司馬光的機智勇敢，成為一時佳話；開封、洛陽的人甚至將這件事，用圖畫的方式紀錄下來，流傳至今。

光生七歲①，凜然②如成人，聞講《左氏春秋》，愛之，退為家人講，即了其大指③。自是④手不釋⑤書，至不知饑渴寒暑。群兒戲於庭，一兒登甕⑥，足跌沒水中，眾皆棄去⑦，光持石擊甕破之，水迸⑧，兒得活。其後京、洛間畫以為圖。

——《宋史》

注 釋

① 光生七歲：光，司馬光，長到七歲時。

② 凜然：嚴肅莊重的樣子。

③ 大指：主旨，主要意思。

④ 自是：自此，從此。

⑤ 釋：放下。

⑥ 甕：拼音「wèng」，粵音「瓮」（ung3），口小腹大的容器。

⑦ 棄去：逃走。

⑧ 迸：湧出。

歷史告訴我們的事

無論你是甚麼年紀的人，人生經常要做很多抉擇，有些時候，你有足夠時間去考慮；有些時候，你可能要在電光火石之間，作出決定。

如果司馬光在同伴跌進水缸的一刻，再三考慮，例如打破大缸是不是要賠錢呢？是不是要找大人來救呢？他的朋友就可能會被淹死了。

我們經常能在做出抉擇前，有足夠的時間思考，做出適當的決定。但有時在最緊急的一刹，我們不會有多餘的時間來思前想後，這時就要靠平時的經驗做判斷，由自身最核心的價值出發，做出當刻最有利的決定。

最關鍵的時刻在想甚麼

二〇〇五年，美國醫師協會選了一位「史上最偉大的外科醫生」，他的名字叫做 Michael DeBakey。他還在讀書的時候，就已經發明了一些醫學設備，在二十年後演變成現代心肺機器，據說，沒有心肺機，就沒有心臟外科手術。不同的心臟手術、人工心臟、人工血管，都是由他開始的。世界上，以他命名的醫學院，多不勝數。醫學界認為，要是沒有他的話，心血管內科至少要倒退五十年。

命運之神就是喜歡惡作劇，在他九十七歲那年，居然遇到了他自己研究多年的宿敵——心血管內科疾病！病人到了這個年紀，在現代醫學標準下，根本不可能有醫生願意為你做手術，幾乎是必死無疑。可是他是「心臟外科手術之神」啊！治療這種疾病的手術方式，本來就是由他發明的，被稱為 DeBakey 術式！怎麼可能反而讓他因為這個病而死？

DeBakey 在昏迷之前，強烈拒絕了用自己發明的手術救自己。他或許是這樣想的，能夠做這個手術的醫生，都是自己的學生，他可能不想學生承受這樣大的壓力；另外，他覺得自己年紀也大了，未必承受得了手術，免得這個術式蒙上污點。

然後他真的昏迷了。醫院的心臟外科團隊，面對自己的恩師逐漸墮入死亡的深淵，如果你是這個團隊的一分子，你會作出怎樣的決定？

結果，整個團隊一致決定，無視病人的要求，不理手術帶來的爭議，開胸救人！最後，經過七個小時的手術，他活過來了，重回自己的生活。他後來說，感謝自己的學生，冒天下之大不韙，依然把他救回來。

我再分享另一個例子，在二〇一九年十二月，東南亞運動會的滑浪項目中，菲律賓選手Roger與印尼選手Arip進行比賽。

比賽進行期間，Arip 不慎遭三米高巨浪吞噬，原本領先的 Roger 見狀立即放棄比賽，上前拯救，兩人最終共用同一塊滑浪板成功上岸。

Roger 當時在想甚麼？比賽重要嗎？冠軍重要嗎？我相信他的答案是：人命比一切重要！

在生命歷程當中，我們或許需要做一些抉擇，可能會犧牲一些個人利益，承擔一些風險，甚至要在極短的時間中作出決定。不過，當決定牽涉到是非與公義，就可以暫時忘記一己的得失，堅持自己的宗旨。

想一想

1 人生經常面對抉擇，你有試過要在極短的時間中，作出決定嗎？

小遊戲

找找他們是誰？？

跟着鬼腳尋找，填上相對應的古代名人名字。

 莊子

 孔融

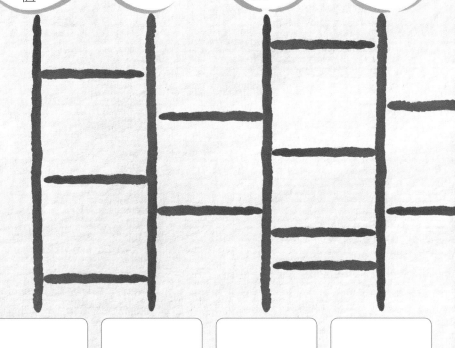

> 欣賞每個人、每件事的獨特價值。

> 掌握資訊，利用策略完成賽事。

> 挑戰古舊思想，機智地解決問題。

> 文學世界中有無限大的想像。

 西門豹

 孫臏

 王獻之

 蘇東坡

 老子和孔子

 司馬光

能在適當時候扮傻才是聰明人。

慎言，得饒人處且饒人。

成功背後要下苦功。

危急時要當機立斷。

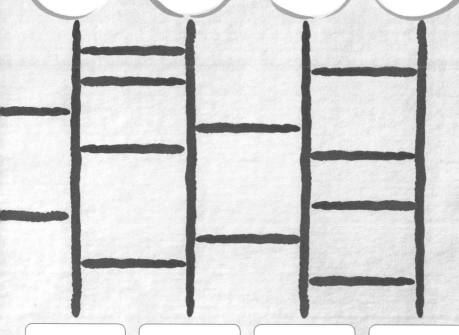

答案見頁 154。

III

倾城巾幗

西施 ❀ 美麗的誤會

春秋時代，吳國和越國打仗，越國勢力較弱，越國的君主勾踐一方面努力增強自己國家的實力；另一方面使出美人計，將沉魚落雁的美女西施送到吳國，令吳國的君主夫差沉迷於美色，不理朝政。最後，這個計策果然成功，越國趁機打敗了吳國，成為春秋末年的大事之一。而西施亦成為中國歷史上的四大美人之一，千古傳頌。

據說西施的原名叫施夷光，本來出生於一般百姓家庭，

由於村子裏的人都姓施，而她住在村子的西邊，於是被人叫做西施。西施被越國的君主勾踐選中，帶到宮中讓她接受歌舞禮儀訓練，她不但美貌出眾，也富有優雅氣質，難怪能迷倒眾生，也能利用這種美貌協助越國君主打敗吳國。西施無論做甚麼表情都是美麗的，由於她患有心病，所以經常因為胸口疼痛而皺着眉頭，但即使她皺眉的神態，也有另一番美態。

西施有一位鄰居，住在村子東邊，被稱為東施，長相一般，看見大家都稱讚西施皺眉的美態，心想原來西施的美，是

因為她常常皺着眉頭。於是東施學着西施捂着胸口皺着眉頭，期待別人誇讚她的美貌。

結果大家看到東施的醜態，美嗎？有錢人嚇得趕緊躲回家中關起家門；窮人看見她也嚇得帶着妻兒子女遠遠地躲開了。東施只知道西施皺着眉頭的樣子很美，就急着學她皺起眉頭，卻不知道西施真正的美貌是因為天生麗質，別人若只是想通過模仿她的動作神態，只會弄巧成拙。

西施病心①而顰②其里③，其里之醜人見而美之④，歸亦捧心⑤而顰其里。其里之富人見之，堅閉門而不出；貧人見之，挈⑥妻子而去之走。彼⑦知顰美，而不知顰之所以⑧美。

——《莊子·天運》

注釋

① **病心**：心有毛病。

② **顰**：拼音「pín」，粵音「頻」，皺眉頭。

③ **里**：村子，居民聚居的地方。

④ **美之**：認為西施皺眉的樣子很美。

⑤ **捧心**：用手按着胸口。

⑥ **挈**：拼音「qiè」，粵音「揭」，帶領。

⑦ **彼**：她，這裏指東施。

⑧ **所以**：為甚麼。

歷史 告訴我們的事

「東施效顰」是出自《莊子》的寓言故事，諷刺那些只知道盲目模仿的人，結果卻欲速不達，成為笑柄。然而，愛美之心人皆有之，東施希望自己變得美麗，也不是天大的錯事，卻被後人取笑，也的確是可憐透了。她是不是真的很醜？我們無法證實，不過，她選擇了仿效別人，而不是去發展自己的長處，當然是難以成功。

美醜是一種心態

東施究竟有多醜？春秋時代的人用甚麼審美標準來判斷？這問題我們當然無從考究。即使我們穿越時空到了春秋時期，用現代人的審美觀，也未必會認同西施的貌美、東施的醜陋，當然這故事並非只在評論誰比較美誰比較醜，我們應該了解所謂美醜的定義。

台灣有一位女歌手陳世娟，在一九九六年發行過《是娟女子》唱片，但因為他的小眼睛高顴骨，被稱為「台灣最醜女明星」，後來退居幕後，更因為失意而選擇離開台灣，去紐約學音樂。然而她在西方卻被當作世間少有的美女，嫁給了英俊的中、法、愛爾蘭混血兒丈夫Ken。在丈夫的大力鼓勵之下，她改了一個英文名字Macy，回歸台灣，再戰樂壇。從 Macy 的經歷來看，美醜的標準絕對主觀，不同文化背景的人眼中，有不同的審美觀，我們不必太過執着，更毋須勉強自己去模仿他人。

外貌與生俱來，在這個外表至上的世界，生來不是俊男美女，是否就注定前景坎坷？其實不只是人類會受外表美醜困擾，原來，長得不好看的蔬菜水果也會因為外貌而被歧視。在日本，很多超級市場會拒絕擺

賣長相不好的蔬果，所以很多農夫在收集農作物的時候，會乾脆把長得醜的果實丟棄。據統計，平均每年每一個日本人，就要丟棄一百七十七公斤的農作物，可能是全世界浪費最多食物的國家。幸好，他們開始注重環保，着手改善浪費食物的情況，札幌有農場想出一個創新而且簡單的方法，成功賣出長得醜陋的蘿蔔。農夫們把蘿蔔裝進畫有生動表情的透明塑膠袋中，長得扭扭曲曲的蘿蔔立即變成有動作的精靈一樣，造型可愛。那些分岔的根莖，變成獨一無二的姿勢，馬上大受歡迎。

在加拿大同樣也有醜蔬果不受歡迎的困擾，他們另辟蹊徑，推出「Naturally Imperfect」（天生不完美）專櫃，並替蔬果改名字，例如「荒謬的薯仔」、「醜醜的蘿蔔」、「失敗的檸檬」等等。效果如何？他們在首兩天便賣出了一點二噸的醜蔬果，就因為這些名字，讓顧客醒覺，蔬果的外型長得不夠標準也是一種自然規律，世上不是所有東西都是完美的。

這兩個簡單的例子，我們可以看到，即使是蔬果，只要我們誠實地發揮自己的本質，花心思去發掘自己的長處，一樣可以吸引別人的欣賞。

花木蘭 ✿ 女孩子的勇敢

花木蘭「代父從軍」的故事發生在「五胡亂華」的時代。當時西晉滅亡，天下大亂，位於北方的匈奴、鮮卑、羯、氐、羌這五個遊牧民族趁機入侵中原地區。當時的北魏正準備迎戰另一個位於北方的遊牧民族柔然族的入侵，皇帝下令徵兵，要求家家戶戶需派一名男丁加入軍隊，到前線迎戰敵人。

木蘭的父親也收到了徵兵令，無法避免地要參加這一場戰役了。身為女兒的木蘭非常擔心，她覺得父親年事已高，從軍的話，必定沒有能力應付戰事，會有生命危險；弟弟的年紀尚幼，未能承擔這個重任，最後木蘭便決定女扮男裝，代父從軍。

木蘭雖然是女兒家，但在父親的教導之下，早就練成了一身本領，故此，在軍隊中立下不少功

勞。木蘭以男兒裝扮在軍隊中度過了十二年，和劉元度將軍結為知己，劉元度賞識木蘭的才華，處處維護，木蘭才可以一直掩飾自己的祕密。

最後，他們終於打勝仗，凱旋歸來。木蘭邀請了當時一同出生入死的戰友到家裏作客。木蘭回家後，換了一身女裝來和大家見面，所有人都十

分驚嘆，十多年來一起出生入死，居然沒有發現她是女兒身。木蘭抱來兩隻白兔，放牠們在地上跑，笑着問大家：「這兩隻白兔一雌一雄，你們分辨得出來嗎？」

唧唧復唧唧①，木蘭當戶織。不聞機杼聲②，惟聞女嘆息。

問女何所思？問女何所憶？女亦無所思，女亦無所憶。昨夜見軍帖③，可汗④大點兵，軍書十二卷，卷卷有爺名⑤。阿爺無大兒，木蘭無長兄，願為市鞍馬⑥，從此替爺征。

東市買駿馬，西市買鞍韉⑦，南市買轡頭⑧，北市買長鞭。

朝辭爺娘去，暮宿黃河邊，不聞爺娘喚女聲，但聞黃河流水鳴濺濺。旦辭黃河去，暮至黑山頭，不聞爺娘喚女聲，但聞燕山胡騎⑨聲啾啾。

萬里赴戎機⑩，關山度若飛。朔氣傳金柝⑪，寒光照鐵衣。將軍百戰死，壯士十年歸。

歸來見天子，天子坐明堂。策勳十二轉，賞賜百千強⑫。可汗問所欲，木蘭不用尚書郎，願借明駝千里足，送兒還故鄉。

爺娘聞女來，出郭相扶將。阿姊聞妹來，當戶理紅妝。小弟聞姊來，磨刀霍霍向豬羊。開我東閣門，坐我西閣床。脫我戰時袍，著我舊時裳。當窗理雲鬢，對鏡貼花黃⑬。出門看火伴，火伴皆驚惶。同行十二年，不知木蘭是女郎。

雄兔腳撲朔，雌兔眼迷離；兩兔傍地走，安能辨我是雄雌？

—— 《木蘭辭》

注釋

① 唧唧：織布機的聲音。

② 機杼聲：織布機發出的聲音。杼：拼音「zhù」，粵音「柱」，織布梭子。

③ 軍帖：徵召軍兵的文書。

④ 可汗：古代西北地區民族對君主的稱呼。

⑤ 爺：父親。

⑥ 市鞍馬：市，買；鞍馬，馬和馬具。

⑦ 韉：拼音「jiān」，粵音「煎」，馬鞍下的墊子。

⑧ 轡頭：拼音「pèi」，粵音「祕」，駕馭馬用的韁繩和馬頭罩。

⑨ 胡騎：胡人的戰馬。胡，古代對北方少數民族的稱呼。

⑩ 戎機：指戰爭。

⑪ 朔氣傳金柝：北方的寒氣傳送着打更的聲音。朔：北方。柝：拼音「tuò」，粵音「托」，古代軍中用的一種鐵鍋，白天用來做飯，晚上用來報更。

⑫ 賞賜百千強：賞賜很多的財物。

⑬ 花黃：古代婦女的一種面部裝飾物。

歷史告訴我們的事

我稱這是「故事」，是因為歷史上沒有記載花木蘭這個人，《木蘭辭》原是一篇文學作品。在中國古代，男女地位極不平等，若一個女人立下軍功，是欺君大罪，事情不會容易解決。

花木蘭的創作原型，是「五胡十六國」的外族人，因為《木蘭辭》用的稱呼、地名和北魏很相似。北魏是由「鮮卑族」的拓拔氏建立的國家，是北方胡人的政治勢力，一直和南朝的漢人政權對峙。換句話說，木蘭自己也是「外族」，她參與的是對抗柔然國的戰爭，和漢人無關。所以，「木蘭從軍」原來是當時鮮卑族的一個傳說，而胡人的風氣比較開放，對於一個女性假扮男人的事，沒有太追究。

巾幗不讓鬚眉

說到戰場上的女英雄，中國的四大女將軍之中，花木蘭、穆桂英、樊梨花三個都是被創作出來的人物，只有梁紅玉是真實存在的。一直以來，男女地位極不平等，女性很少有機會發揮自己的長處。

西方社會比較好一點嗎？在古代，其實也差不多。二〇一七年的美國漫畫 *Superman* 第廿七期，開始了一個「Declaration」系列，論劇情，可以說是毫無娛樂性，但我卻覺得非常感動。其中一段故事，超人 Clark Kent 一家三口在七月四日美國獨立日去旅行，遊覽幾個具有歷史意義的景點。第一站是 Deborah Sampson 的紀念銅像，超人跟兒子 Jon 敍述這個戰地女英雄的故事。

Deborah Sampson 在一七七五年至一七八三年間加入美國軍隊，參加「美國獨立戰爭」，打了八年仗。由於她身材高大，一直沒有被人發現她是女扮男裝的，但她每一次受傷送醫，就有被揭發性別的危險，故此她經常自己處理傷口。有一次，甚至為自己的傷口縫針！最後，因一次傷口發炎，發高燒了，才被軍醫發現她的真正性別，而被光榮辭退。沒想到，由於她隱瞞性別，軍方拒絕支付薪資和退休津貼。她據理力爭，打了數十年

的官司，終於在一八一六年獲得一千五百三十六美元的賠償。

Jon 問：「美國歷史課程為甚麼不提及這個歷史真英雄？」

超人老爸答：「你開學後，該問一問老師。」

老媽說：「也許，應該有些電影分享這些真實的歷史英雄故事。」

很喜歡他們的做法，學校課程未必可以涵蓋所有歷史，但父母親自帶着兒子去了解。也欣賞漫畫公司的表達方法，透過受歡迎的漫畫故事來分享這個歷史片段，在價值觀承傳方面，出一分力，值得欣賞。

中國的「木蘭從軍」，是公元五世紀的故事，沒想到在千多年後，十八、十九世紀的美國，也有相似的事件。Deborah Sampson 參戰，不是為了報效國家嗎？為甚麼要求國家給她退休津貼？難道她是為了錢才打仗嗎？

試想想，如果男士們參戰能夠得到相應的金錢回報，為甚麼女士們參戰就不能得到相同的金錢回報？Deborah Sampson 在軍中的表現並不比男士差。她為了自己的權益發聲，贏了官司，亦等於為男女平等踏出了一大步。

當然，她絕對可以故作大方，不求回報；但當她開了這個先例，就會對後來的英雄，做了一個不公平的榜樣。

那麼現在的社會中，男女平等了嗎？

所謂的「男女平等」經過了極長時間的努力，才發展到今天的地步。在一九六七年，美國波士頓舉行了一場馬拉松長跑比賽。當時還沒有任何女性會去參加馬拉松比賽，但年僅二十歲的女大學生 Kathrine Switzer 卻報名參賽，並拿到「261 號」的號碼布條，與其他選手一同出發比賽。

當她跑到一半的時候，波士頓馬拉松的賽事總監 Jock Semple 忽然衝了過來，粗暴地抓住了她的肩膀，大喊着：「給我離開這個比賽，把你的號碼布還給我！」Kathrine 被嚇了一跳，但她沒有放棄這個比賽，驚魂甫定，她更收拾心情，直奔終點線。事後，她接受訪問時說：「我知道如果我放棄的話，就沒有人會相信女性可以跑這麼長的距離，大家會認為女性不夠資格參加波士頓馬拉松。我對跑步很認真，我不能讓恐懼阻擋我。」

Kathrine 用了四小時二十分完成賽事，但隨即被剝奪參賽資格。不過她卻得到社會的支持，成為了維護女性權益的代表，一夜成名。這件事情之後，Kathrine 開始推

動一連串運動，目的是讓女性也能參與馬拉松賽事，她說：「發生在我身上的事，是個極端的經驗，不過，這件事更令我下定決心，要為女性的權益帶來一些改變。」

她們努力了幾年，到了一九七二年，波士頓馬拉松正式開放女性參賽。而出乎意料之外，當初想扯掉 Kathrine 號碼布的賽事總監 Jock，竟然是這項改變的最大支持者。在 Kathrine 和她的同伴不斷努力之下，終於在一九八四年，女子馬拉松正式被列入洛杉磯夏季奧運會的比賽項目。

現在回想起一九六七年的那一場馬拉松，其實只是五十多年前的事，即使是西方國家，當時依然有這種不平等的性別觀念，所以，我們今天能夠享有的平等社會，其實是前人不斷努力，不斷爭取，才得到的成果。

想一想

黃獎 講故

1 我們的社會男女平等了，但還有些甚麼工作，一定要由男性或女性擔任的？說說當中的原因。

武則天 ❀ 女皇的狠辣

武則天是中國歷史上第一個女皇帝，她的一生，可以說是光芒萬丈。不過她並不是一步登天的。在唐朝初期，當時十四歲的武則天嫁給唐太宗李世民，成為他的「才人」。中國古代的皇帝，有很多後宮佳麗，除皇后之外，還有五位「妃」、九位「嬪」、九位「婕妤」、九位「美人」、九位「才人」，所以，當時的武則天在後宮中只排第五級，和她同級或者比她高的，超過四十人。

由武則天入宮，直至唐太宗死去的十二年間，她沒有甚麼發展。足足等了十二年，都沒升過職，她並沒有取得唐太宗的歡心。唐太宗駕崩後，她嫁給了繼任的皇帝

唐高宗，這時才有出頭的機會。從此武則天步步高陞，坐上皇后之位，與唐高宗一起處理朝政，被稱為「二聖臨朝」；最後，更正式登基，成為中國唯一一位女皇帝。

為甚麼在唐太宗年間武則天不受寵？這或許與她的性格有關。唐太宗有一匹馬叫「獅子驄」，雖然是千里馬，卻很難馴服。有一天唐太宗帶着嬪妃與大臣去看這匹馬，唐太宗慨歎：「難得一匹好馬，但卻沒有人能夠馴服它，真是可惜啊。」這時武則天自薦說：「我只需要三件

工具，就能馴服這匹馬：
一條鐵鞭、一個鐵
鎚和一把匕首。先
用鐵鞭鞭打牠，還不馴
服的話，就用鐵鎚打牠的頭，用威勢來嚇
牠。如果牠還是不肯馴服，這匹馬就沒有
用了，那就用匕首殺掉牠吧。」

大家聽了武則天的這番話都嚇了一跳，唐
太宗聽了不置可否。武則天這一鳴驚人，
不但沒得到唐太宗欣賞，反而提醒了他，
這一個小小女子外表柔弱內心卻狠毒。
唐太宗是一個大男人，自然喜歡柔婉斯文
的小女人，武則天如果是一個鬚眉武將，
可能會受到賞識，但她是個愛出風頭的女
人，當然不受寵愛。

太宗①有名馬獅子驄，肥逸無能調馭②者。
朕③為宮女侍側，言於太宗曰：「妾能制之，
然需三物：一鐵鞭，二鐵檛④，三匕首⑤。
鐵鞭擊之不服，則以檛撾⑥其首，又不服，
則以匕首刺其喉。」

——《資治通鑒》

注釋

① 太宗：唐朝的唐太宗。

② 調馭：馴服馬匹，令牠可以被策騎。

③ 朕：皇帝的自稱，這裏是武則天
對自己的稱呼，說這故事時
武則天已當上皇帝。

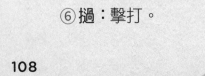

④ 鐵檛：鐵杖。

⑤ 匕首：雙刃短劍。

⑥ 撾：擊打。

歷史 告訴我們的事

許多人研究武則天，都認為她在唐太宗生前太喜歡炫耀自己的才幹，所以錯失了受寵的機會。唐太宗喜歡王羲之的書法，武則天就學得一模一樣，希望可以討好皇上，也不見得為她帶來甚麼好處。

性格是天生的，武則天是一個強勢女人，唐太宗是一個超級有主見的君主，對於她這種態度，自然看不過眼。不過武則天本性是剛強，如果勉強裝成小鳥依人，也不見得可以騙得了人。

武則天的第二任丈夫唐高宗則比較柔弱溫文，他反而需要一個有主見的皇后，助他出謀獻策。故此，武則天的第二段婚姻，就幸福得多了，既可以找到欣賞自己的丈夫，也得到發揮才華的機會。

性格決定命運，但命運又安排合適的性格，遇上合適的舞台。所以，我們應該了解自己多些，自己生來是甚麼性格，就適合做甚麼事情，不必要跟隨別人的步伐。

由杜鵑鳥揭示的命運

我們說「性格決定命運」，就不得不說日本戰國三雄的杜鵑鳥故事。日本戰國時代（公元 1467 至 1615 年）的三大武將：織田信長、豐臣秀吉、德川家康同在櫻花樹下賞櫻，一位得道高僧問：「如果樹上的杜鵑鳥不啼，卻想聽它的歌聲，有甚麼辦法呢？」

織田信長說：「我命令牠啼，若敢不從，就殺了它！」的確是霸氣了，但就未免太殘暴！他對自己的部下也非常專制，只能聽他的話，不准頂嘴，所以，有能力的下屬都離開了。後來，在織田信長四十九歲這一年，手下大將明智光秀發動「本能寺之變」，織田信長和長子秀忠被殺，失敗收場。

豐臣秀吉答：「杜鵑鳥不啼，我想辦法，逗它啼。」豐臣秀吉最擅長運用智謀，在日本戰國時代佔盡上風！「本能寺之變」之後，豐臣秀吉火速消滅了明智光秀的勢力，替織田信長報仇，最終篡奪了織田家的權力和大部分地盤。

德川家康答：「杜鵑鳥不啼，就等它啼。」單憑一個「等」字，這算是一個辦法嗎？但懂得等待時機，代表他不衝動；而且，所謂的等，並不代表甚麼也不做，在等待的時候，做足準備，伺機而動，才是致勝的關鍵。德川家康雖然也是名門之後，但只是小家族地方勢力，從小就夾於強權之間，經常被當成人質，所以他也在織田信長家裏住過好幾年。亦因為這個原故，養成忍辱負重的性格，當豐臣秀吉奪去織田信長的家業時，德川家康順時勢依附在豐臣秀吉之下，忍辱負重，當豐臣秀吉的忠心副手。豐臣秀吉死了之後，兒子繼位，這時德川家康才顯露自己的野心，扳倒秀吉的兒子，得到天下，創造出江戶幕府的百年盛世。

有玩《戰國 BASARA》遊戲的同學，可能已經很熟悉這些名字了，他們的故事，可以媲美《三國志》。至於「杜鵑鳥不啼」的故事，揭示三個日本戰國英雄的性格特質，亦由他們各自的性格，引領出不同的人生道路。對比這三個日本大將軍，武則天還是比較幸運，「獅子驄事件」雖然也揭露了她的本質而不被重用，但她還是有機會等待，等到合適她的時勢，重新展現自己的才華。

IV

大
將
帝
王

項羽 ❖ 強者的榮耀

秦始皇統一六國之後，有
次到一個叫做「會稽」的地方
出巡，侍從們前呼後擁，威風八面！這時在人
群中的兩個人，分別說了兩句話，顯示了自己
的志向。第一個是富英雄氣概的項羽，他說：
「彼可取而代之也！」覺得自己可以取代秦始
皇。另一個是已經步入中年的劉邦，他說，「大
丈夫當如是也！」羨慕人
家的威風。

結果，項羽和劉邦果然推翻了秦朝，那麼，誰來當皇帝呢？兩人開始競逐天下，初時是項羽的楚軍勢力強大，有壓倒性的優勢。但最後為何項羽會失敗，讓劉邦建立漢朝的江山呢？

原來，項羽起兵抗秦，本來只是為楚國復仇，打贏秦軍之後，還一把火燒了秦國的阿房宮，出了一口氣！這時項羽本來可以登基做皇帝了，可是項羽覺得，「富貴不歸故鄉，如衣繡夜行，誰知之？」他覺得，「我就像穿上了漂亮的衣服，卻在黑夜中行走，沒有人來欣賞，實在是太可惜了。我這麼厲害，一定要回家鄉炫耀一下！」說穿了，就是虛榮心比野心大！如果項羽這個時候稱帝，往事的發展可能

就不一樣了。可惜，歷史沒有結局這回事，他的故事還要繼續下去。

往後的一段日子，項羽和劉邦打了很多場仗，項羽覺得自己既威武，又聰明，不願意倚靠別人，所以沒有謀士相助。相反，劉邦很明白實力比不上項羽，所以，集思廣益，收集不同的意見，此消彼長，逐漸扳回一城。

到了劉邦與項羽的最後一戰「垓下之戰」，可以說是項羽生平唯一的敗仗，項羽帶領的十萬楚軍在此戰中全軍覆沒，他就在這一戰之後，揮劍自刎，結束了絢爛的一生。項羽本是可以選

擇不死，當時他到了烏江，有一位亭長駕船等着他，亭長說：「這個地方，只有我有船，敵人追不上來，大王，你跟我走吧！回到江東，還有很多子弟兵，可以讓你捲土重來，再爭天下。」

可惜，項羽不肯逃跑，他覺得最初起軍時有八千子弟兵跟着他打仗，現在卻死光了，剩下他一人，覺得很愧疚，無顏見江東父老，最後，他選擇了放棄，自刎而死。

人或說①項王曰：「關中阻山河②四塞③，地肥饒，可都以霸。」項王見秦宮室④皆以燒殘破，又心懷思欲東歸，曰：「富貴不歸故鄉，如衣繡夜行，誰知之者！」說者曰：「人言楚人沐猴而冠耳⑤，果然。」項王聞之，烹說者⑥。

——《史記·項羽本紀》

注釋

① 說：說服。

② 關中阻山河：關中有肴山、函谷關作為屏障。

③ 四塞：四面都有要塞可守。

④ 秦宮室：秦始皇的阿房宮。

⑤ 沐猴而冠耳：獼猴戴帽子。比喻外表雖然裝扮得很像樣，但本質卻掩蓋不了。

⑥ 烹：古代酷刑，將人投入湯鍋中煮死。

歷史告訴我們的事

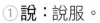

項羽的虛榮是建立在實在的戰績之上，來自他打過的無數次勝仗。故此，他可能會覺得這是一種榮耀！但當我們換另一個角度來看，虛榮又成為了他的心理包袱，導致挫折來臨的時候，他就無法積極面對。英雄如項羽，尚且如此，我們更要小心，不要重蹈覆轍。

有句話說得很好：「好的時候不要看得太好，壞的時候無須看得太壞。」

無法承受的驕傲

希臘神話中的伊卡洛斯（Icarus）也是著名的關於虛榮和驕傲的故事。伊卡洛斯的父親代達羅斯，是希臘神話中的著名建築家和發明家，受到克里特島國王的讚賞，被國王邀請到克里特島建造一座囚困怪獸的迷宮。迷宮建好了，國王很喜歡，於是把代達羅斯兩父子留下來，希望為國家建造更多奇蹟。代達羅斯離家日久，開始思念家鄉，可惜，國王不願意讓他離開。

國王在陸上和水上都設下關卡，代達羅斯便想，即使是國王，也封不住天空。於是，他開始收集和整理不同大小的羽毛，把最小最短的羽毛拼成長毛，用麻線在中間捆住，在末端用臘封牢，編織成像鳥翼一樣的飛行裝置。兒子伊卡洛斯一直在父親的身邊幫助父親製造翅膀。最後，父親把翅膀縛在身上試了試，真的像鳥一樣，飛了起來。他掌握了飛翔的技巧之後，細心地指導兒子伊卡洛斯如何操縱。

他千叮萬囑道：「你不要飛得太低，太低的話，羽翼沾濕了海水，就會變得沉重，你就會掉到大海裏；也不要飛得太高，太高的話，翅膀上的臘會因太熱而融化，羽毛就會掉下來。」到了回家的那天，父親領着伊卡洛斯，就像帶着初次出巢的雛鳥一樣，不時地回過頭來，看兒子飛行得怎樣。

開始時，一切都很順利，伊卡洛斯興高采烈，他感到飛行的無拘無束，不由得驕傲起來。於是，他操縱着翅膀越飛越高，完全忘記了父親的囑咐！結果，陽光融化了封蠟，用蠟封在一起的羽毛鬆開來了，從他的雙肩上滾落下去。不幸的伊卡洛斯，一頭栽了下來，掉在大海之中，被浪濤淹沒了。當父親再次回過頭來時，發現兒子不見了，他極目遠望，都看不見兒子的蹤影，最後，他看到海面上漂着許多羽毛，他心中知道發生甚麼事了。

代達羅斯還抱一絲希望，可以找回兒子。可惜，沒多久，洶湧的海浪把他兒子的屍體推上了海岸，絕望的父親只好把兒子的屍體，在附近的小島上掩埋

了。伊卡洛斯只是虛榮驕傲了一下子，就付出了性命作為代價。

說到神話，再和大家分享美國漫畫故事中，經常出現的神話人物，雷神索爾（Thor）。自從在一九六二年，漫威（Marvel）出版了雷神索爾的故事，他就一直是熱門的英雄人物。其實，他本來是北歐神話中的主角，眾神之王奧丁（Odin）的兒子，手上的雷神之鎚（Mjolnir）也是古籍中有所記載的神器。漫畫公司打算在劇情中加入古典神話元素，於是，就把這個傳統英雄，放在現代世界之中，鋪展劇情。

索爾和項羽其實有許多相同的地方，大家都有英雄氣慨，舉世無敵，立下無數功勞，就連虛榮感，他們兩人也不相上下。就看索爾平時說的話，也總是喜歡把「我們神族如何如何」放在嘴邊，最令索爾自豪的，就是那柄神奇的鎚子，只有他一人拿得起來，其他人絕不能妄想動它分毫。曾經有一次美國隊長差點把鎚子拿起，索爾就大為緊張！

不過，索爾也遇過不少挫折，與項羽不同的是，每

當低潮時，索爾可能會頹廢一會兒，但最後總會想辦法振作起來。其實在他的虛榮背後，一直存在着壓力，因為他必須成為一個「配得起」神鎚的人，才可以控制神鎚，但怎樣做才算是配得起呢？他自己心裏也沒有底。少年時代的他，經過幾百年的努力，無數次的失敗，才得到神鎚的認同。因為在他的少年故事中，就經常聽到他抱怨：「我打了那麼多怪物，立下那麼多功勞，怎麼還未配得上神鎚？」

有一次，他跟女朋友說心事：「每一天早上起床，我都會試一試自己，看看是否還配得起神鎚。」原來，他表面上自信滿滿，其實也一直在努力準備，知道自己的成功不是與生俱來的。

想一想

1 自信與自滿，很多時只是一線之隔，試試舉出一些生活中的例子，來說明兩者之間的分別。

韓信 ❀ 困境的激勵

劉邦打敗了項羽，建立了漢朝江山，
大將軍韓信立下大功。劉邦很喜歡
召韓信來說話，有一次他問韓信：
「你覺得我帶兵可以帶多少人。」韓
信答：「可以帶十萬人。」劉邦問：「你
呢？」韓信答：「多多益善。」劉邦當然
不服氣，為何你帶兵多多益善，我卻有
上限？韓信解釋：「你厲害嘛，你『將將而
不將兵』，你帶的都是將軍，我帶的卻是普通士
兵，如果你像我一樣來帶兵，就不是最強了。」

究竟，韓信是一個怎樣的
人？《史記》用幾個字就
交代了韓信的背景：
布衣、貧、好帶刀劍、

無行。「無行」是沒有特別的德行，所以連低級公務員也當不上。這樣說來，韓信其實是沒有甚麼家庭背景的，年輕時非常窮困，連吃飯也有問題。韓信少年時，常到當地一位亭長家中吃飯，亭長的老婆不歡迎韓信，但又不好意思說。於是每天提早煮飯，叫一家人先吃完，結果，韓信每次去到，亭長一家已經吃完飯了。數次後，韓信也猜到緣故，一怒之下與亭長絕交。

他決定自己釣魚吃，卻不懂釣，乾脆跳下河捉魚，又捉不到。河邊有個在漂洗衣物的大媽見到韓信到了吃飯時間還坐在河邊，可憐他沒飯吃，於是把帶來的飯請他吃，此後一連數十天也如是。大媽離開前，

韓信說：「我將來一定會報
答你！」大媽見他衣衫襤
褸，也沒有放在心上。

當時，有個年輕的屠夫很看不起韓信，看見他
帶着佩劍便說：「你雖然身材高大，又帶着劍，
其實是個膽小鬼。」韓信不搭理他，屠夫便得
寸進尺：「難道我有說錯？有種你就刺我一劍，
如果你不敢就是膽小鬼，就在我褲襠下爬過去
吧。」韓信看着屠夫想了一會兒，最後決定忍
受屈辱，就在胯下爬了過去，此後街上的人都
嘲笑韓信膽小怕事。

韓信追隨項羽的楚軍，但一開始也沒有起色，
多次向項羽獻計也不被採納。當劉邦帶兵攻打
楚軍時，韓信從楚軍逃了出來，投奔漢軍。初時

仍不被重用，直至得到蕭何賞識，蕭何全力保薦韓信給劉邦，韓信才當上了大將軍。後此，韓信一舉成名，立下了不少功勞，劉邦平定天下後，把他封了王。他名成利就，第一件事當然是報答大媽的恩情，給了她千兩黃金。另外還有個亭長，老實說，亭長請他吃了更多頓飯，可是韓信只給了他八錢銀子。因為韓信覺得，亭長做好事有始無終。

最後就輪到那個讓韓信「受胯下之辱」的屠夫了。屠夫得知韓信當上了王，當然害怕韓信找他報復。誰知韓信不但不殺，更封了屠夫為官，韓信說：「當天我拿着劍受到侮辱，難道不想殺他嗎？但如果我當時殺了他被捉，就無法走到今天這個境地。我應該感謝他磨練了我的意志，我才能有今天的成就。」

淮陰屠①中少年有侮信者，曰：「若②雖長大，好帶刀劍，中情怯耳③。」眾辱之④曰：「信能死⑤，刺我；不能死，出我袴⑥下。」於是信孰⑦僕視之，俛出袴下，蒲伏⑧。一市人皆笑信，以為怯。

—— 《史記·淮陰侯列傳》

注釋

① **屠**：屠夫，宰殺牲畜的人。

② **若**：你。

③ **中情怯耳**：內心膽小。中情：內心；怯：怯懦，膽小。

④ **眾辱之**：當眾侮辱他。

⑤ **信能死**：真的不怕死。信：誠然，果真；能死：不怕死。

⑥ **袴**：同「胯」，兩腿間。

⑦ **孰**：同「熟」，仔細。

⑧ **蒲伏**：同「匍匐」，趴在地上爬行。

有的人會認為，韓信獎賞屠夫只是一種公關手段，向公眾表示他的泱泱大度。這一點無從稽考，誰知道韓信當年想些甚麼？不過，我傾向相信韓信說的是實情。

首先，他手執兵權，身為受重視的大臣，沒有演戲的必要。而且，當時韓信常常不擇手段向上爬，就是他覺得自己忍受過最大的屈辱，人生去到最低谷，沒甚麼好害怕了，所以在行軍打仗的時候，有足夠的膽量去兵行險着，使出常人無法意料的計策。我嘗試用韓信的立場去設想，他可能真的領悟到自己成功的原因，人生如果可以把挫折轉化成能量，世間就沒有真正難事了。

欺凌背後的悲哀

說起欺凌的故事，我們大多會想起胖虎欺負大雄，如果沒有多啦Ａ夢，大雄的日子真的不知道怎麼過。除了胖虎之外，蜘蛛俠的同學Flash Thompson，同樣是校園欺凌王，他們多數是「四肢發達，頭腦簡單」的角色。當我們看見胖虎和Flash Thompson被教訓時，都會覺得大快人心！所以大家都知道這種欺凌行為不被認同，為甚麼仍然會有這種角色存在？

大家再看《多啦Ａ夢》劇場版，大雄去過外太空、去過魔界，無數次拯救地球，出生入死，幾乎都有胖虎的份。胖虎只選大雄來欺負，但他在面對危險的時候，也都站在大雄那一邊。或者胖虎才是個弱者，不懂得怎樣表達關心，也不懂得與人好好相處。至於蜘蛛俠的同學Flash Thompson，自從他離開校園後就變得成熟了，也改過自新，甚至成為超級英雄Anti-Venom（反猛毒），在二〇一七年的蜘蛛俠漫畫故事中，為了救蜘蛛俠而犧牲了自己。

胖虎與 Flash Thompson 的故事，也展示了另一個真相，欺凌者可能也是可憐人，他們要靠暴力行為來表現自己，缺乏溝通的能力，無法用正常社交形式去結交朋友。如果你發現自己有欺凌別人的傾向，請停下來想一想，當一個欺凌者並不值得自豪，反而是不成熟的表現。

欺凌並不限於暴力行為。有一次，我在一所寵物咖啡店中，發現一頭胖嘟嘟而不失靈活的柴犬，相當可愛，懂得「Sit」和「Hand」的小動作，訓練得宜。牠乖巧伶俐的過來討賞，當然我也多餵牠一些零食，那個畫面，非常融洽。忽然有一頭稍為瘦弱的柴犬也想來分一口零食，但胖柴犬在迅雷不及掩耳的一剎，瞪了牠一眼，瘦柴犬便乖乖地走開了。

我回頭再看小胖狗，牠已回復本來的可愛樣子，繼續享用我手上的零食，像是甚麼事也沒有發生過似的。這時女朋友笑道：「這分明是學霸所為，欺凌其他同學！」小胖狗乖巧受訓，學了些小技倆，當然受寵愛，當然佔到便宜，零食吃多了，長胖了，又再「更可愛」了，其他狗就更無法競爭。

時至今日，「胯下之辱」依然是一個欺凌行為的形容詞，不過欺凌這件事也發展出很多變化，例如，這種「學霸之欺凌」就是一種比較無形的方法。其他小狗，未有機會聽到韓信的故事，不知道把欺壓化成激勵，可能就逃不出這個惡性循環。讀者們，大家思考多了，面對欺凌，除了要懂得保護自己尋求幫助外，也要學懂如何將困局轉化為動力。

1 胖虎的欺凌和「胯下之辱」有甚麼分別？

2 欺凌不一定暴力，你覺得還有甚麼是欺凌行為？

三國時代本來是魏、蜀、吳三大勢力之爭，到了後來，蜀國與吳國的勢力已經衰落，魏國可以控制大局，不過，他們的內部卻出現危機。曹操的後代雖然在當皇帝，但實權卻掌握在大臣司馬家族手中，我們有一句說話「司馬昭之心，路人皆知」，就是指司馬家的家主司馬昭，有謀朝篡位的野心，讓大家都看得出來。

　　不過，司馬昭始終沒有當皇帝，反而在他死後的幾個月，

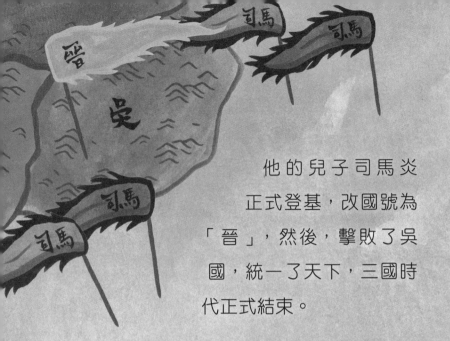

他的兒子司馬炎正式登基，改國號為「晉」，然後，擊敗了吳國，統一了天下，三國時代正式結束。

司馬炎做了二十五年皇帝，他死後，由兒子司馬衷繼位，是為晉惠帝，歷史對他的評價是「甚愚」，愚到甚麼程度呢？有一次，他在御花園散步，聽到一片蛙鳴，於是停下腳步問侍從：「這些蛤蟆是官家的，還是私人的？」蛤蟆是天生野地的，哪有分官家養或是私人養呢？但他的侍從還是機智地回答說：「活在宮中的，就是官家的；活在私人地方那些，就

是私人的。」晉惠帝於是說：「如果是官家的就給牠們餵食。」

有一年鬧饑荒，百姓沒有足夠食物，民不聊生，只好挖草根來充饑，有些百姓甚至被活活餓死了。當時的大臣當然要把災情稟報給皇帝知道，晉惠帝的回應是「既然沒有飯吃，為甚麼不吃肉碎粥？」這一句「何不食肉糜」，成為後世嘲諷當權者不知民間疾苦，不去了解社會問題的話柄。

帝嘗①在華林園，聞蝦蟆聲②，謂左右③
曰：「此鳴者為官乎，私乎？」或對曰④：
「在官地為官，在私地為私。」及⑤天下荒
亂，百姓餓死，帝曰：「何不食肉糜⑥？」
其蒙蔽⑦皆此類也。

——《晉書・惠帝本紀》

注釋

①帝：晉惠帝司馬衷；嘗：曾經。

②蝦蟆：蛤蟆，與青蛙同樣屬於蛙類。

③左右：侍從。

④或：有人。

⑤及：到了。

⑥何不食肉糜：為甚麼不吃肉碎粥。

⑦蒙蔽：愚昧無知。

其實這位晉惠帝的心也頗善良，民間有困難，他就在自己認知的範圍內，找尋解決問題的方法。只可惜，他活在自己的錦衣美食之中，沒有了解平民百姓的疾苦。我們可以取笑他愚昧無知，但我們也應該提醒自己，每一個人所知道的，都相當有限，對每件事情作出評論之前，要先了解現實情況，否則，貿然作出表態，很容易就鬧出笑話。

自晉惠帝之後，就沒有皇帝再用「惠帝」這個名字了，彷彿大家都有一個共識，「惠帝」就是一個「愚蠢皇帝」的代名詞。過了一千多年之後，明朝的開國皇帝朱元璋把皇位傳給他的孫兒，是為建文帝。不過，建文帝只做了四年，就被他的叔叔朱棣謀朝篡位，趕了下台。朱棣做了皇帝之後，做了一件奇怪的事情，就是把建文帝改名為「惠帝」。這一着，分明就是要把自己搶奪皇位的暴行合理化，抹黑這個侄兒，暗喻他是一個昏庸的皇帝。

沒有麵包可以吃蛋糕

歷史是驚人的巧合，不斷地重複。在十八世紀末，法國大革命前夕，一樣發生饑荒，老百姓連麵包都沒有，餓死了不少人，面對大臣的奏報，當時法國的瑪麗皇后竟回答道：「吃不起麵包，就讓他們吃蛋糕吧！」

這一位瑪麗皇后，本來就出了名的窮奢極欲、夜夜笙歌，會說出這樣的話來，其實也沒有甚麼出奇。這一句「Let them eat cake」，也成了西方版的「何不食肉糜」。不過，大家要知道，歷史上瑪麗皇后沒有說過這句話，相信是當時的老百姓為了洩憤，強行把這句說話加諸於她身上，藉此控訴法國的王室，一方面指他們揮霍無度，另一方面，說他們置民間疾苦於不顧。

法國大革命之後，皇室成員逃走失敗，法國宣布廢除君主制，國王路易十六被處決，這位瑪麗皇后亦

不能倖免，被控叛國罪，最後，在革命廣場的斷頭台上被處死。站在歷史求真的角度，也應該為瑪麗皇后平反一下，畢竟，這句蛋糕「名言」是其他人的創作，而且，原句也不是蛋糕，而是一種名為布里歐修（brioche）的高油麵包。她不僅丟了腦袋，還要在此後的數百年，為一句自己沒說過的話而為人恥笑，的確有點無辜。

晉惠帝雖然真的說過「何不食肉糜」，但他在位十八年，並沒犯甚麼大錯，他的失敗，在於沒有去了解民情，套一句現代潮語，就是「離地」。反觀法國的瑪麗皇后，她的揮霍無道，就一直聞名於世，她雖然沒有說「何不食蛋糕」的話，也不能減少她的罪孽，所以，大家明知這句話是假的，也會以這句來概括她的愚昧一生。

大家別以為這是做皇帝的問題，我們一般平民百姓，也會犯這樣的錯。其實，晉惠帝和瑪麗皇后的愚昧，是來自於他們沒有為他人着想，如果他們設身處地，去了解別人的感受，就不致鬧出這麼大的笑話。如果我們在日常生活中，能夠保持一種同理心，和別人相處的時候，一定會更加融洽。

岳飛是宋朝名將，治軍嚴明，率領「岳家軍」抵抗北方的金兵，立下不少功勞，連他的敵人也讚歎：「撼山易，撼岳家軍難」。

公元一一二七年，金國的軍隊攻打宋國，佔領了宋國首都開封，俘虜了宋國的皇帝宋徽宗。宋徽宗的第九個兒子向南逃走，在南京登位，

成為宋高宗，亦開始了「南宋」朝代。由這時候開始的十多年間，宋國的將軍岳飛帶領軍隊，與金兵作戰了數百場戰役，先後收復鄭州、洛城等地。只可惜，宋高宗後來改變政策，向金國求和，強迫岳飛停戰，白白浪費了收復失地的機會。但無論如何，岳飛都是出名的「民族英雄」，甚至被民間奉為神靈「岳聖帝君」，庇佑蒼生。

岳飛抗金的英雄事蹟在民間流傳，百姓津津樂道岳飛的出身，能成就一位不朽大將，岳飛媽

媽姚氏的培養與成全必不可少。相傳岳飛
自幼就有很多奇遇，他出生不足一個月，
黃河決堤，洪水暴至，他的媽媽姚氏抱着
他，躲進一個大缸，隨着河水飄流，最終
被沖到岸邊，保住了性命。

岳飛母親自小就教導他正直與責任感。少
年岳飛的性格沉穩，甚少說話，但天資聰
穎，領悟力高，熟讀《左氏春秋》和《兵
法》。由於家貧，他撿拾木柴來當蠟燭，
讀書讀到天亮。他天生氣力超人，還未滿
二十歲，便可以拉開三百斤的弓，跟隨周

同學習射箭。有一次與周同練習射箭，岳飛拉弓一射，便射破了周同於箭靶上的箭尾，周同非常驚訝，並把心愛的弓箭送了給他。

岳飛長大了，加入軍隊，當時的元帥病重，和金兵的交戰又連番失利，岳飛心情鬱悶，私自回家探望母親。岳飛媽媽看見兒子回家，反而勸他快快回軍中抗敵，並在岳飛背上刺了「盡忠報國」四字，希望他堅持自己的志向。果然，岳飛終於成為一代名將，亦是南宋初年，唯一成功組織大規模進攻的統帥，他的媽媽，亦被尊為賢母的典範。

岳飛，字鵬舉，相州湯陰人也。生時，有大禽若鵠，飛鳴室上，因以為名，未彌月①，河決內黃，水暴至，母姚氏，抱飛坐巨甕中②，衝濤乘流而下，及岸，得不死。

飛少負氣節，沈厚寡言。天資敏悟，強記書傳，尤好《左氏春秋》及《孫吳兵法》。家貧，拾薪為燭，誦習達旦不寐。生有神力，未冠③，能挽弓三百斤。學射於周同。同射三矢，皆中的，以示飛；飛引弓一發，破其筈；再發，又中。同大驚，以所愛良弓贈之。飛由是益自練習，盡得同術。

未幾，同死，飛悲慟不已。每值朔望④，必具酒肉，詣同墓，奠而泣；又引同所贈弓，發三矢，乃酹⑤。父知而義之，撫其背曰：「使汝異日得為時用，其殉國死義乎？」應曰：「惟大人許兒以身報國家，何事不可為？」

——《宋史 · 岳飛之少年時代》

注 釋

① **彌月**：滿月。
② **甕**：小口的大缸。
③ **冠**：古代頭上裝飾的總稱，古代男子年滿二十歲時要行「冠禮」，代表已成年。
④ **朔望**：月亮的圓缺，代表農曆初一、十五。
⑤ **酹**：將酒倒在地上，向先人敬酒。

中國古代有四大賢母：岳母、孟母、陶母、歐母，四位都非常重視兒子的教育。我們熟悉的「孟母三遷」是指孟子的媽媽注意到學習環境的重要性，三次為了兒子的學習搬家到學校附近居住；歐母是歐陽修的媽媽，因為家貧，媽媽沒辦法買紙筆，惟有「畫荻教子」，用蘆葦桿在沙地上畫，教歐陽修讀書寫字。

陶侃的媽媽陶母「封壇退鮓」，教導兒子做官清廉。陶侃在浙江當官監管漁業，他的下屬送了一壇糟魚給他，他馬上派人送給家鄉的母親。母親卻原封不動地將這一壇糟魚退了回來，並寫信跟他說：「你是當官的，卻用官府的東西當成禮物送來給

我，不但無法令我高興，反而令我更加擔心。」陶侃收到信後非常愧疚，發誓不再做這種令母親擔憂的事，從此為官更加廉潔，成為歷史中有名的清官。

四個故事中，好母親都重視教育，兼顧知識與品德的培養。岳母的偉大，更在於她成就兒子的夢想。兒子的志願是從軍報國，她就落實兒子的意願，讓岳飛無後顧之憂，盡忠報國。身為母親都不希望看到自己的兒子出生入死，但岳母的想法卻不一樣，她先放下自己的顧慮，成就兒子的志願，也許，正是我們常說的：「最大的愛會令人忘記自己！」

母親的潛能

幾年前，我陪媽媽去吃自助餐，在餐廳裏，媽媽獨自去取餐的途中遇到一位外國人。外國人用英語與媽媽交談，好像想問她一些事情，把她嚇了一跳，急急拿着空碟子回到座位來。媽媽那一代人，即使讀過些書，也不大懂英文，洋人跟她用英語交談，她覺得膽怯，非常正常。

我正想取笑她，忽然覺得這個場景有點眼熟，想起在我一年級的時候，校服規定不論春夏秋冬都要穿短褲。要知道，那是一個沒有暖包的年代，每逢冬天，學生家長各出奇謀，有些男同學，短褲下面穿着透明絲襪，盡量保暖；而我呢？卻是唯一可以大模大樣穿着長褲的男生。為甚麼？因為媽媽直接走去見校長。她找到外籍神父校長，據理力爭，令我可以在冬天時穿著長褲上學。我完全無法想像，他倆是怎樣溝通的，也許，在七十年代，洋人校長也從

未見過一個學生家長，跟他講了一個小時的廣東話，最後也破了一個例。

記得在那時候，我曾經認為媽媽野蠻，擔心會被同學取笑，我當然也有取笑穿絲襪的男生。但更多時覺得自己有特權，有點沾沾自喜，就是沒有體會到當時的媽媽，是怎樣鼓起無比的勇氣，去找語言不通的校長，爭取得來這條「野蠻長褲」。

想一想

1 你有和爸爸媽媽討論過自己的夢想嗎？

2 你希望爸爸媽媽可以怎樣支持你的夢想？

你會怎樣做？？

學校舉辦班際足球比賽，班上的守門員小強卻感冒了，
不能參賽，下星期就要比賽了，老師選擇了你去代替
小強，你會怎樣選擇呢？古人的經驗為你帶來甚麼啟
示？選好之後，可以掃描 QR Code，看看你的選擇會
帶來甚麼結果。

1

你非常想參加這場比賽，但因為臨時被召
入隊，缺乏與隊友一起鍛練合作的經驗，
為了不拖累大家，這時你會怎樣做？

A. **向孫臏學習：**

知己知彼，去看對手的比賽和練習，了解對手的強
項和弱點。

B. **向王獻之學習：**

下苦功，盡量利用這個星
期，練好守龍門的技術。

2

鄰班的同學取笑你，叫你做「後備腳，好鬼削」，更説若換你做龍門，你們最少會被踢進十球，你打算怎樣回應呢？

A. 向韓信學習：

胯下之辱也可以忍，一般嘲笑何必放在心上？索性把這些屈辱化為動力，練好球技，吐氣揚眉。

B. 向孔子學習：

愚不可及也！我們不妨裝傻，回應：「後備球員可以出賽，是值得高興的事！」

3

經過了一星期的苦練，你自覺大有進步，正希望在球場上一顯身手。但這時小強的感冒治好了，可以自己上陣，你會如何抉擇？

A. 向孔融學習：

小時候讓了一個梨，贏來千多年的名氣，你也不妨把位置讓給本來的選手，更可以為他做啦啦隊，打打氣。

B. 向項羽學習：

既然已經練習好了，當然要爭取這個位置，表現自己的實力！否則，就浪費了這一身好技術了！

找找他們是誰??

跟着鬼腳尋找，填上相對應的古代名人名字。

 莊子

 孔融

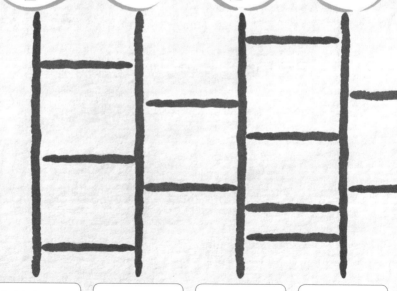

欣賞每個人、每件事的獨特價值。

掌握資訊，利用策略完成賽事。

挑戰古舊思想，機智地解決問題。

文學世界中有無限大的想像。

老子和孔子　　蘇東坡　　孫臏　　司馬光

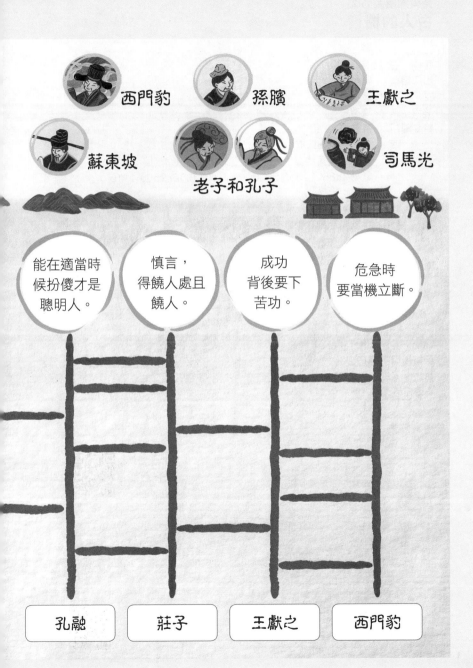

西門豹　孫臏　王獻之　蘇東坡　老子和孔子　司馬光

| 能在適當時候扮傻才是聰明人。 | 慎言，得饒人處且饒人。 | 成功背後要下苦功。 | 危急時要當機立斷。 |

孔融　莊子　王獻之　西門豹

黃獎潮讀系列②
古人的機智

作　　　者：黃　獎
繪　　　者：楊淳淳
出版總監：劉志恒
主　　　編：譚麗施
美術主編：陳愷瑩
特約編輯：莊櫻妮
出　　版：明報教育出版有限公司
　　　　　香港柴灣嘉業街 18 號明報工業中心 A 座 15 樓
　　　　　電話：(852) 2515 5600　　傳真：(852) 2595 1115
　　　　　電郵：cs@mpep.com.hk
　　　　　網址：http://www.mpep.com.hk
發　　行：香港聯合書刊物流有限公司
　　　　　香港新界大埔汀麗路 36 號中華商務印刷大廈 3 樓
印　　刷：嘉寶設計印刷有限公司
　　　　　新界葵涌葵德街 16 至 26 號金德工業大廈二字樓 15 至 17 室
初版一刷：2020 年 12 月
定　　價：港幣 78 元｜新台幣 355 元
國際書號：ISBN 978-988-8558-08-7

補購方式

網上商店
・可選擇支票付款、銀行轉帳、PayPal 或支付寶付款
・可選擇郵遞或順豐速遞收件

mpepmall.com　黃獎潮讀書房

電話購買
・先以電話訂購，再以銀行轉帳或支票付款
・訂購電話：2515 5600
・可選擇郵遞或順豐速遞收件

讀者回饋

感謝你對明報教育出版的支持，為了讓我們能更貼近讀者的需求，
誠邀你將寶貴的意見和看法與我們分享，請到右面的網頁填寫讀
者回饋卡。完成後將有機會獲贈精美禮物。數量有限，送完即止。

https://www.mpep.com.hk/anthonywong